U0933217

山冈上天空望不到边
山冈上天空这样明亮
——海子

左图是吴晋江5岁时拍的一张照片，地点是浙江余杭长乐林场后面的小桥。这是吴晋江记忆中拍的第一张照片，他胖乎乎的小手紧紧攥着，靠在姐姐旁边，心里有些紧张。小桥、姐姐、吴晋江。时光流逝，但这座小桥一直在，成了吴晋江和姐姐一次次拍照纪念成长的见证。吴晋江跟姐姐说：“我们要一直拍下去，直到最后。”

1986年暑假，吴晋江和父亲回到山西和顺县冯家庄。当时父亲说曾在这儿放过牛，让吴晋江给他拍张照。父亲说日本鬼子来时他就躲在旁边的山上几天几夜没下来，以前做长工就是放牛。当时吴晋江还年轻，没有把这些话完全听进心里，今天回过头看，父亲人生的变化是很大的，他靠当兵改变了命运，他的一生都在追求更好的生活，他是村里非常少的几个当兵出来而改变命运的人。

深圳华能百门前工业区，吴晋江的“根据地”。1991 年他离开这里时，曾花 5 元钱拍了一张照片。2002 年，他买了自己的第一辆车，就带上太太和孩子来摄影留念。右图是 2018 年暑期，他又领着太太和两个孩子（大儿子在美国读高中，暑假回来）一起来到这里合影。相同的背景，不同的画面，见证了吴晋江在深圳的奋斗和发展。

1992 年除夕，吴晋江在《深圳商报》做报纸发行员。那时深圳一到过年就是空城，大部分人都走了。那天晚上吴晋江和伙伴们在巴登街一个出租屋包饺子、喝酒。尽管生活条件不好，但大家对未来都很有信心。28 年后，照片上的 10 个人，大概只有 2 个人还留在深圳发展。

1996年在深圳嘉宾路南洋商业大厦C座四楼正在举行一场辩论赛，辩论的题目是“中国大陆保险之路是越走越宽，还是越走越窄”。吴晋江已经不记得当时他选的是正方还是反方，但从这张照片可以看出来，他的表情比较自信。这张照片上除了后排左起穿白色衬衣的小伙子今天还在平安保险深圳分公司做内勤，其他人都离开了。每一次看到这张照片，吴晋江内心都很感慨，感慨的不是自己有多么聪明，而是自己是一个像阿甘那样傻傻地坚持下来的人。

1997 年过年期间，吴晋江和母亲在深圳过年，他陪母亲到深圳荔枝公园看花展。其时，他身上只有 100 元钱，花 70 元买了一个胶卷，就在这个公园里拍了几张照片。那也许是他最落魄的时候，但是最落魄的时候他也保持希望。这张照片让他不断想起曾经非常困难的过往，不过只要保持乐观和持续的行动力，一切困难都会过去。

1997 年 8 月 15 日，在深圳飞往北京的航班上。平安保险深圳分公司总经理丁当带大家去参加在北京举行的第二届中国平安高峰会，他陪着马明哲董事长从头等舱走过来说：“大家看谁来了！”这张照片，吴晋江一直保存着。20 多年后，马明哲带领平安保险成为世界 500 强第 21 位的超大型金融集团，丁当成为平安寿险的董事长，吴晋江成为一名总监。吴晋江感慨，当时特别迷茫，幸运的是能跟公司一起成长。

我的1997

五十年不变做寿险

□平安保险深圳公司　吴晋江

“喂，小马，我是吴晋江啊。”

“你在哪里？”

“我在长城顶上，我用手机打的！”

“长城？你的声音非常清楚。”

“是，我这次来北京，是来参加 第二届平安寿险高峰会议，全国就200个名额。”

11年之后，我却以一名资深保险顾问的身份登上了长城。

3年前，我放弃了《深圳商报》的工作，拿起公文包卖起了保险。有一天，我好不容易鼓起勇气推开了一间办公室的门，大胆地自我介绍道：“我是中国平安保险公司业务员，我今天来是向大家推销寿险。”“兽险？”一个中年人站了起来：“你是兽医吗？”

“轰”地一声，办公室的人哄堂大笑，我也尴尬地笑了起来。今天，当我再推开深圳任何一家写字楼的门，这类闹剧，永远不会出现了。今天的深圳，已很少有人问我：“什么是保险？我为什么要买保险？”相反，变成了“我应该怎样买保险？”在这市场的巨大变革中，愈来愈多的人加入了投保者的行列，我的客户从几个人增长到400多人，客户在我这办理保险的同时，亦成为了朋友。

1995年的一个夏天，我在深圳新秀村刚搞完咨询，正在

个月大的孩子购买的10份少儿保险。那是我刚入平安不久，自费一万元印刷的保险宣传资料散发后签下的第一单。去年12月，占小姐的先生和他的好朋友叶先生，一起又购买了平安永乐保险。今年7月份，叶先生在他太太生日之际又为其购买了一份保险。12月4日，叶先生又为他的妹妹买了一份保险。11月下旬，占小姐为我介绍了她所在证券部的朋友，结果有六七位的朋友购买了保险。占小姐和他们的朋友都是一些年轻、普通、有责任感的人。正是这些朋友的信任和支持，促使我在这艰苦的行业中生存下来，也正是由于他们的帮助，我得以全国主管第十名的身份参加了今年8月在北京召开的第二届中国平安寿险精英高峰会议。

1998年的新年钟声即将敲响，回首1997，我在深圳亲眼目睹了香港回归的盛况；回首1997，中国保险业的高速发展亦带给我们每个人切切实实的感

吴晋江经常喜欢写点稿子，他还记得写这篇稿子的时候，是在一个出租屋里。当时写下这篇文章，表达了他“50年不变”的心声，因为当时香港刚刚回归，所以他期待着50年不变。这篇文章发表在1997年12月30日《中国保险报》，那时他入职平安保险公司刚刚3年。

2016年10月21日，在洛杉矶的一家医院里，医生跟吴晋江说：“你可以进来了！”医生告诉他：“你的孩子已经出生啦，你帮孩子剪脐带。”他第一次剪脐带，特别紧张，当时手在发抖，剪完以后就抱孩子在秤上称体重，他感觉他们父子之间真有一种心灵感应。后来在孩子的百日宴上，他把全部礼金18万元捐赠出来，成立“锟辰兄弟慈善基金”。他希望用这样一种特别方式让两个孩子和家庭、情感更加紧密地连接起来。

2017年5月的一天，在比尔·盖茨的家乡西雅图盖茨基金会，吴晋江终于有机会跟比尔·盖茨单独合影。虽然此生再也没有机会成为世界首富或者首善，但是作为一个普通人，能够一步步成长起来，能够和比尔·盖茨近距离接触、合影，对吴晋江而言已经是最荣幸的事情。

这是吴晋江和太太居住过的出租屋。1997 年到 1998 年，他们住在深圳福田农批市场后面的出租屋里，两房一厅 1500 元一个月。他们住在二楼，每次他从外面展业回来，一楼总会飘出廉价猪肉难闻的味道。他母亲有一段时间也跟他们一起住，她喜欢到后面的农批市场去买便宜的白菜。最困难的时候，吴晋江陪太太在农批市场门口还摆过地摊，卖小工艺品。

2018 年 3 月哈佛大学肯尼迪学院，吴晋江（二排右三）第三次来到这里，参加为期 3 周的培训（ELP）。这个培训班所有学习费用 25000 美元是由世界上最大对冲基金——桥水基金创始人达利欧捐赠的。能够通过竞选面试获得参加这个培训的机会，吴晋江一直感到很荣幸。

2020 年 5 月，“平安优才说演讲大赛”接近尾声，拍了一张大合影。吴晋江（二排左一）在上海摄影棚里待了三天做评委，听了全部优才选手的分享。这个直播让他真正意识到优才代表未来，年轻人代表未来。

2020 年疫情把大家都赶到了线上。春节前吴晋江刚搬了新房，没想到新房的客厅变成了直播间。疫情期间他在这里做了很多场直播，其中有一场他带着全家一起亮相，还撑开一把伞，意思是保险就是一把伞，能保护全家。

PURSUIT

方磊－著

台海出版社

方磊

中国作家协会会员，中国金融作协会员。媒体人。北京“无规则”摇滚乐队前贝斯手。作品散见于《十月》《当代》《花城》《飞天》《广州文艺》《安徽文学》《福建文学》《文学港》等文学期刊。曾出版散文及短篇小说集《有呼无吸》《锈弃的铁轨》、散文集《光影》、短篇小说集《走失的水流》、传记文学《繁星之下》。

目录

序一

共情中我们命运相逢

◎ 阎雪君

方磊是近年来中国文坛上涌现的、成绩斐然的青年作家。他的籍贯是安徽桐城，我本人又对桐城文化崇拜有加，所以我就格外关注他的创作和在文学上的发展。在文学写作上方磊是个多面手，他在小说、散文、诗歌上都有着较高水准的作品呈现。另外据我知悉，他组建过较为专业的摇滚乐队，同时足球踢得也接近专业水准。他的文学创作风格独特新颖（不少诗歌、小说和散文获奖），本身又是一家全国性金融报刊的资深媒体人，这使得他在人物采写上经验老到，笔触丰润，既有新闻人的敏锐、深透，又有作家的洞悉力、睿智、哲思。所以，当我见到他创作的纪实文学新作《逐》时，除了祝贺与欢喜之外，更感到由衷的欣慰。

方磊撰写的这部人物传记的主人公吴晋江，是一位起初生活在浙江乡镇底层的人，但从小就胸怀远大志向，不甘心上天安排的宿命，凭借坚忍不拔的毅力，经过几十年的不断拼搏进取，成为中国保险界的一位顶级寿险代理人、平安人寿深圳分公司的业务总监。

面对这样一位成功人士与社会精英，如何将其命运沉浮、奋斗轨迹、人生追求的思想情操、性格内涵完整地展示出来？怎样从他锲而不舍、磨砺蹉跎的心路历程中，挖掘出时代的脉动，凸显一定的社会意义？难度确实很大，实属不易。

以文学的眼光来看《逐》，我们可以看到作家的写作追求绝不仅仅是为了呈现人物的励志故事，呈现某一行业人物的事业与人生追逐。

从一般意义上讲，“纪实文学”是一种迅速反映客观真实的文学样式。它借助个人体验方式（亲历讲述、友人采访等）或历史过往文献（日记、书信、档案等），以非虚构的手法对现实生活或历史中的真实人物、真实事件进行详尽记述，权衡比较，从而提炼出具有社会意义的真谛，用以教育和警示后人。然而，我们看过的很多“纪实文学”只有流水账般的“纪实”而没有“文学”。一本优秀的“纪实文学”，应该落脚在“文学”上，没有“文学”的“纪实”只是一个人生账本。一本“纪实”非虚构类的作品能否经久不衰，关键看它是否具有文学的价值。

而“人物传记”则是以描写对象——“人”的本质为主体的一种文学形式，有两点需要强调：首先是纪实性与文学性的融合与统一；其次是要善于处理人物的共性与个性的辩证关系。本书中，方磊以其睿智的笔触，将二者处理得恰到好处，从中可以看出作者的文学内心观照与细腻的文学笔触，这部作品文学属性浓郁，有较好的文学质地。

人的本质是“一切社会关系的总和”。方磊以作家独有的内心观照和文气浓郁、丰盈的笔锋，将史料的真实性与描写的生动性有机结合，根据主人公生活的时代背景和社会环境，将人物的本质特征放到他所处的社会关系中去，挥洒自如；同时选择最能表现人物主要性格特征的典型事件，进行详尽描写和叙述，通过挖掘人物心理活动和各种社会关系的内在关系，引发读者阅读的兴趣和对命运的思考。在《逐》中我们感受到以人物磨砺蹉跎带动时代脉动，然而又以时代延展震动影响个人的沉浮命运。作家的内心关怀对人与时代的贴近，对时代映照的命运关切挖掘得较为深透。《逐》作为人物纪实文学，很有阅读亲近感和思辨价值，我想这得之于传主吴晋江先生的故事很精彩，也得之于方磊对人物内心细微的捕捉。这本书不仅是励志书、行业精英书，更是可以引发读者共情的生命之书。

作家方磊与传记中的主人公吴晋江，一位是知名财经媒体人，一位是金融保险界的精英，他们同是金融界人士，有着共同的思维和语言，更容易相互沟通与互动。我感觉，方磊的这部作品不仅在有情有义、有深度有温度方面可圈可点，同时还有着贴近生活，镌刻时代印记的闪光之处，是以人为核心的一本纯文学的纪实作品，有着客观、冷静、幽邃、诗性的意蕴文风，同时也充盈着开阔、自由、人性为本的光辉。《逐》在文学创作上的技艺和手法也是非常值得借鉴的，无论对于作者还是传主,《逐》的出版都可喜可贺。相信本书一定会深受广大读者喜爱，无论是不是吴晋江的拥趸，也无论是不是金融界人士。

是为序。

作者系中国作家协会全国委员会委员，中国金融文联副主席，中国金融作协主席。

序二

至善至美，逐境心安

◎ 丁当

我和吴晋江认识二十多年了，他是一个活得比较通透的人，也是保险行业的智者。我们俩一直是君子之交，惺惺相惜。

读到这本传记书稿时，新冠病毒正在从中国“消退”。此前，这种人类历史上还不曾出现过的新型病毒在全球蔓延，深刻影响着全球经济、政治、文化生活。人类这个种族从非洲草原走出，总是被各种风险挑战，行至今时今日，大体上还算赢家。新冠病毒终将被“锁住”，“战时”总会过去，“平时”才是人生常态。

我所在的保险行业，销售的产品服务于为公众化解风险。马明哲先生曾说：“危急关头，是保险行业履行天职的关键时刻。”在新冠病毒肆虐之时，保险行业为前线的医护者、警务人员、志愿者提供了高额保险，尽最大能力免去这些勇士的后顾之忧，给致残者以保障，给牺牲者家人以抚恤。在“战时”，保险如果不能提供长矛，至少可以为逆行者锻造铠甲。

那么，“平时”呢？保险的价值在于拿走人们内心的焦虑，留下一份安心。很多人认为，“拿走焦虑”与“留下安心”首先是政府的事情，因为它有庇护公民的责任；其次是文学艺术的使命，因为它有抚慰的功能；最后是宗教信仰的功德，因为它有仁慈的愿力。在我看来，保险应忝列其中：从小处说，它能够为个体提供生命与财富的保护，也可以给他们的生活提供安心；从大处来讲，它还是一份慈善事业，构建人人守望相助的命运共同体。

圣雄甘地曾说，有七样东西可以使人类毁灭：没有道德的政治、没有责任的享乐、不劳而获的财富、没有是非的知识、没有人性的科学、没有牺牲的信仰以及没有道德的商业。商业的本质是逐利的、利己的，但保险行业却于此本质之外，有着逐善与利他的高远追求。保险创立之初的“人人互助”商业模式，包含着“扶弱济贫”的慈善因子，甚至可以说，它内含了人类对同类最深切的关爱和最深刻的悲悯。为何如此说？细究保险销售者与购买者的心态，会发现有所不同，我归纳为“三重心境”：第一种，为己所用，即给自己买保险，保全自己的平安；第二种，为亲所用，即通过保险让配偶和子女、父母受益，尽一份家庭责任；第三种，为人所用，即买保险时就认为这是一种捐赠，即使自己用不到，能够救助素不相识的他人也可心满意足。第一种，对自己负责，已经算现代人了；第二种，有了照顾家庭的心念，有尊老爱幼之举，可以说是文明人了；第三种，可谓有“圣人心”，最可赞许，其所作所为所想，是一种“不着相”的布施，有大德之人的风范。这三种层次，从低到高，依次为功利境界、道德境界、天地境界。天地境界把保险的慈善本质反映得淋漓尽致，蕴含着对人类无差别的悲悯与关爱。

执一份善心，筑一份大业，一个良性互动的社会总会有爱与善的“应许”与“回响”。保险通过商业的方式让陌生人之间产生互助关系，这是人类社会最伟大的发明之一。保险代理人兢兢业业把保障送去千家万户，这是在传递善意，释放善心。执善心能获得一生的财富，这种财富不仅是指保单带来的收益，更是人情的财富。一个保险代理人最大的财富，是客户的感激之情。吴晋江的事业有今日成就，一个重要原因，就在于他和客户的真诚交往换来了客户的信任和感激。他愿意付出一份真情买花赠予客户，换来客户对他的心心念念，以至于多年后客户仍然记得这次鲜花礼赠。代理人销售出保单，保单让客户受益，客户心生感激，代理人因此成就事业，对客户深怀感念，二者彼此激荡，“心的共业”由此诞生。

吴晋江正是一直用他的感恩之心，以努力“向外张望”的蓬勃激情，从事着这份有苦有乐、有坦途又不缺崎岖的“心的共业”。细阅本书，可以看到吴晋江的来时路和多年心血的去处：他带着一个家庭良善的底色而来，与他在平安的事业大家庭形成了和谐的融汇，并在走向世界的过程中绘写出壮阔鲜活的人生图景。我很欣喜，他的人生与事业去处，也正在我所言的保险“三重境界”中层层跌宕，每一层都绽放得异常精彩。这是一部发现吴晋江心灵的纪实文学，也是一段吴晋江发现他人心灵的叙说。

作者系中国平安人寿前董事长

序三

认识吴晋江，认识人寿保险

◎ 赵福俊

我给吴晋江总监这本书的序，如果起个名字的话，叫作“认识吴晋江，认识人寿保险”。

我和吴晋江是 2000 年认识的，那年我从黑龙江分公司调到深圳分公司做总经理，开始和晋江成为同事，同时也成为朋友。这样看来已经有 20 年的时间了。在这 20 年的时间里，我们经历了中国保险界两个黄金十年。在这 20 年当中，公司得到了长足的发展，吴晋江本人也在公司、在行业的发展过程当中有了非常大的进步。应该说，吴晋江见证了中国人寿保险近 20 年的整个发展，也经历了人寿保险这 20 年的波澜壮阔。

吴晋江是一个专业的人。从他的个性、做事的风格还有所追求的目标来看，是一个非常专业、执着的人。无论什么时候有学习的机会，我们都能够看到他的身影。他的学习能够从自己的思考出发、从应用出发，把整个行业发展的高度以及国家经济发展的趋势，都纳入他整体的学习当中。所以，这 20 年来，他是跟随着中国经济的发展和中国保险业的发展而进步的。

早期的保险，不论是产品、服务还是客户对保险的认知，实际上都是刚刚开始，随着整个经济的发展和人们认识水平的提高以及技术的进步，保险也是有了非常大的进步，其实每一个跟吴晋江接触的人都会感觉到他的进步是非常快的。

除了追求专业之外，吴晋江的另外一个追求就是育人。保险行业需要有能力、有梦想、有追求的人不断地加入，每一个进入这个行业的人几乎都是从零开始，无论是从对保险的理解还是对销售的掌握，都是需要从头开始。吴晋江在选人、育人、用人方面，这些年取得了非常长足的进步。他从一个业务员、主任、部门经理到业务总监，在这个过程当中培养了成百上千的专业的保险销售人员。

如果说保险人一生的追求是专业和育人这两个方面，那么吴晋江在专业和育人这两个方面都达到了相当高的境界。这也是他取得成就并且能够持续发展的原因。

认识吴晋江是人生的一种幸运，也是一个福利，因为他身上有不断积极进取的精神，也能够看到他对生活的追求、对专业的追求。福利就是你能够更深入地去了解和接触保险，让保险成为你生活当中的一个有力的支持工具。人的精力是有限的，不可能在各个专业都很了解并精通，保险又是人们生活当中必需的、离不开的。那我们怎么能够更好地运用保险这一古老又现代的金融工具为我们的人生提供保障、理财以及生活服务呢？这时候你身边就要有一个优秀的保险代理人、一个专业的保险从业专家，吴晋江无疑就是你一个非常难得的福利。

今天，吴晋江能够把他的从业经历、人生思考和对保险的理解，把他带团队的一些感悟以及服务客户当中点点滴滴的思考呈现给大家，让大家有机会能够更多地了解他、了解保险、了解自己的保险需求，这是非常有价值、有意义的一件事情。我在这里祝福吴晋江和他的团队，在接下来的事业当中发展得更好，在为客户服务当中做得更专业，能够让更多有才能、有梦想的人通过人寿保险来完美他们的人生。

作者系中国平安人寿常务副总经理

序四

黑白质感，捕捉人心

◎ 梅毅

北京青年作家方磊对我而言并不陌生，他的中短篇小说，剪裁得当，立意高深，感染力强。

见到他本人还是在 2019 年春天的深圳地王大厦，那时他的短篇小说集《走失的水流》刚刚问世，我作为受邀嘉宾参加了他在深圳的这场读者见面会，因此感受到他对文学精到而独特的领悟和感触，令我对当代文坛有了更进一步的了解。

活动结束后，我问方磊当下还有什么创作计划。他表示，正为我们深圳保险界一个传奇人物写一部传记文学，也希望书成之后我能够为这部书稿写一篇序言。听方磊说他为别人写传记文学，我比较委婉地拒绝了他，我认为以他的文学才能，写传记是大材小用，尽管我承认人物类纪实文学也足以考量一个作家的写作笔力和思索能力。

言及人物传记，作为作家，其实为我平生最不喜为。特别是为活人作传，我更认为不可为！何者：路到绝处开生面，人到后来看下场。特别是方磊所作的传主乃盛年之人，所谓“百岁功名才半纪”，何必这么快就树碑立传？

记得我当时对方磊说：你既然身为一个严肃的作家，一定要慎重对待给别人写传记！隋文帝杨坚第三子秦王杨俊去世，他的王府僚佐请求为其立碑，杨坚就说：“欲求名，一卷史书足矣，何用碑为？若子孙不能保家，（碑石碑文）徒与人作镇石耳。”帝王如此，更何况白身布衣之人。

方磊当时简单地向我介绍了这个传主：吴晋江，深圳资深保险人，励志能人。而且，他还说这位吴先生，绝对是个业界传奇人物。说句实话，我在深圳工作和生活了近 30 年，见识过无数的“能人”；而且，我供职 27 年的深圳证券交易所，上市公司多达 2000 多家，每个公司的高管成长经历都应该是传奇，特别是所谓的“励志”样板。我基本上一直是把“励志”和“骗子”画等号的。为此，当时方磊这番“推荐”，我是完全没有往心里去的。

近期，方磊将《逐》的书稿发到我信箱，诚恳地要我有时间的话一定看一看。对于他的作品我非常愿意欣赏，毕竟他是我非常喜欢的青年作家，创作能力全面。此书不看则已，一看，欲罢不能！

方磊的这部传记作品，具有强烈的人文精神与文学性。它不是单纯励志人物的成长实录，而是一部纪实类作品里少见的醇厚作品。最让我感兴趣的，就是传主吴晋江这个人。他的人生轨迹，和我这样的“老深圳”高度重合——我们都是 20 世纪 90 年代初到达深圳，都是本科生、硕士生这样的“高学历”，都经历过深圳那一段令人激动万分的年代。相信《逐》对我们这样一代又一代的深圳创业者都有着感同身受的心灵撞击。

读了方磊的这部《逐》，我原本完全不相识的吴晋江这位传主，顿时在我眼前非常熟悉起来，甚至我都觉得他是我失散多年的朋友。一部书稿读下来，吴晋江这个人物跃然纸上，那就是：本性善良，懂得分享，知道感恩，敬天知命。唯斯人，吾谁与归！时来天地皆同力！

方磊的这部传记作品，早已超越了保险行业内的励志读本，也不单单是“南方”成功者的具体范本，它更是一部贴近人心、启示更多人对命运思索的“启示录”，是一部真正以细节取胜的、“黑白质感”分明的能够捕捉人心的作品。

虽然这部作品属于纪实文学，但当我深入细读的时候，我的脑海中闪现出许多类似“追忆逝水年华”的镜头，其中充满了电影与戏剧的元素。如果把这部作品更加细化和丰富，完全可以拍出一部反映 20 世纪 90 年代那个激情岁月我们深圳一代青年人奋进不息的故事。

而且，方磊这部传记作品以点代面，以人物代时代，在这个特定人物身上，我感受到个人在大时代中命运痕迹的显现。这样的人物传记，既有独特性，又具有普遍性，是读者需要的，因为它展现了立体丰富的人性。所以，它不是一本人物的功德簿，或是坊间千人一面的成长日志。这本书，真是我们这个时代所需要的营养剂。

真实，是这部书的骨肉！人性，是这部书的内涵！

是为序。

作者系深圳市作家协会副主席，国家一级作家

引子

又一道晨曦在幽邈浩茫的夜里醒来。像一本沉静安然的书轻轻打开，像一朵娇羞的花儿悄悄绽放，像一段清奇的旅程慢慢开启，像一条远去的小溪潺潺流淌。

天边的流云是藏在童话里的棉花糖，林场满眼高拔的树木枝叶是一段掩埋在神奇历史里的幽冥孤独，有着未被尘间打扰的清寂。他背上小小的书包，走在这似远若近的路途。周围是泥草与石砖垒造的房屋，形状不一的地砖铺展在千转百回的街巷，委婉掩映着悠悠的时光。

山区的林场宛若绿色的围城，安然地护佑着他，也围堵囚困着他，他就像一只无处伸展肢体的小兽，身临围城寻觅不到一个阳光投射进来的出口。他很想看看那光芒来自哪儿，他难以琢磨，但他知道一定来自围城之外。

夕阳并没有开始真正沉落的时候，他已经从学校出来，回家的尽头是没有悬念的作业答案，千篇一律的脚步声装不进他书包里的想象，他有些疲惫，斜靠在一处葱郁的树木下。他望向空中，有时会有一架飞机划过天际，他仿佛觉得飞机上盛满了这浩大林场外的声息与故事。

很多次在他如此忘了时间的遐想中，他时常感觉有人在喊自己的名字，有人在找他，但他没有答应。他心无旁骛地让自己躺在一段段清凉的梦里，梦里是自己一次次轻甜隽永的旅行，他的嘴角露出迷人的微笑。

时光的莺梭来往，青瓦、稻米、镰刀、木梯、屋檐、月光、梅雨、桃影、爱情、年代，形成致密绵绸的年华之网，磅礴倾城而注，堆叠起伏沉潜，像是隐隐中变弯变沉的岁月时钟的指针，这丝丝入扣的网足以把一个人藏起来，然而却怎么也遮蔽不了由一颗澎湃着渴望远方和自由的心灵发出的光亮。

在山西太原通往晋中冯家庄的路途中，一辆沃尔沃SUV疾速而驰，辗转于高速公路与乡镇土路之间，倏忽之中犹如一道时光微渺的影子。车上一个沉默的中年男人，平缓淡然，窗外阳光的剪影勾勒在他被年华所浸染的脸上，他驾车奔逸的旅途，如同那些他经历过的断断续续的往事，苍茫中透着晕染的光影，他游历其间成为一种潜隐而又执拗的存在。

午后的阳光被岁月剪裁，他穿行在泥土与石砖零散铺展的地面，崎岖蜿蜒的村镇小巷像是坐等了无数时光老人的眼睛，淡漠沉静地凝望着他，丝丝缕缕的风声里，是时间的尖锐和柔和，是那些亦近亦远的明媚和幽暗。他感觉到了谁的影子和他牵念中的如此相似，直至重叠融合，那些情致，那些风物，那些声息，那些愁烟似乎早已改变了模样，却又从未离开。

他站在被黄土高高耸起的山坡，远望烟尘中几十辆工程车开掘的新楼宇地基，那生生不息的乡恋里不知还可以留驻多少自己的根脉；新时代包裹下的楚楚动人中究竟还有多少属于自己念想的梦乡。一只鸟从头顶腾跃而过，向远处掠去，惊起天空一抹怅然。

回到自己儿时的院落，土墙早已坍塌，野生的绿植错杂零落地攀爬在断壁之上，一副古旧破败的石磨掩埋在野草与泥土之中。父辈劳作的器具成为他心中陡然升起的一道光，耀眼闪亮。那光是他多少个黑夜里的灯塔，照亮他多少次迷茫的眼睛，因为这光，他从不怯懦，从不退缩，无愧于心。

如今，这副斑驳破损的石磨安然躺在他的别墅里。他历经百转千回、重重阻隔也要把它带回自己身边，让它留在自己和至亲的左右，他希望自己的儿子可以见识它，记得它，见证它，传承它。这是他从第一眼望见它时的决心和信念。

每当他望见这副石磨，他会在某个瞬间与那个背上小书包行走在街巷，或是躺卧在葱郁树木下的自己相遇。时光柔软蓬松，重逢的旅程旷远苍冷，经年留影，原只是匆忽之际。穹窿之下，世事茫茫，他与自己的劈面相逢，只留下会心一笑。

第一章

基因遗产　血脉相承

人生如寄。生之影迹在大地上的沉浮辗转，飘忽跌宕，似浮生之像。然而，纵然万般流转、变幻，依旧离不开的是那头顶的光，那恰是童年对人之一世的观照。

吴晋江的父亲吴兴泰自少小之时就颠沛至山西晋中冯家庄做长工，旧社会的长工与各种农活终日相伴，没有收入，只图温饱和能够安睡在片瓦下一隅。吴兴泰和他的长兄（终生未婚，没有后代）一起在冯家庄成为长年的劳工，像一粒瓦砾间的灰尘掩埋在时光的深渊里。经过吴晋江后来的寻根考证，自己的父亲远在少年时代便已在太行山当了 5 年的放牛娃。

冯家庄一位与吴兴泰在垂髫之年即有交往的老者指着远处的群山，向吴晋江回溯他父亲久远的经历："日本人进村扫荡，你父亲躲在山上不敢下来，生生挨饿躲了三天三夜。"怀着走出村庄的渴盼和壮志报国的一腔热血，吴兴泰离开冯家庄，投身共产党领导的队伍里。在部队，他历经千锤百炼，树立了坚定的政治信念。解放战争时期，他参加了波澜壮阔的淮海战役和渡江战役。之后，又作为中国人民志愿军的一员，参加了抗美援朝战争。

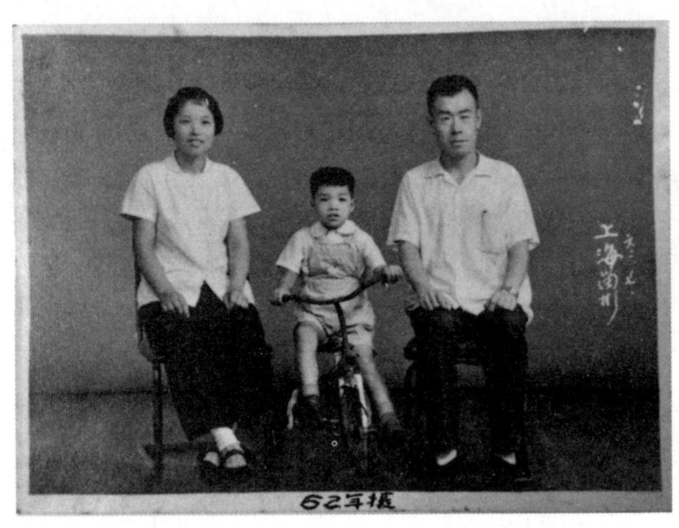

如果不是因为这张照片，吴晋江可能一直不知道他曾经有两个同母异父的哥哥和姐姐。直到有一天他看到这张照片，母亲说：“这就是你的哥哥。”他觉得很惊讶，他不知道有一个这样的哥哥，更不知道还有过一个姐姐，只不过他们俩在他出生之前都离开了世界。后来母亲有了他和现在的姐姐，情绪才稳定下来。

从朝鲜回国后，吴兴泰转业进入浙江省生产建设兵团和人事厅担任领导工作。尽管在单位中职级较高，待遇也不错，但吴兴泰并未感受到自我价值的实现。因为欠缺文化知识，他在工作中常常感到力不从心，对组织心存愧疚，认为自己没有很好担负起组织的重托。在这样的心理作用下，他甚至对自己的信心产生了动摇。之后，他主动申请调离机关，来到位于余杭县山区的浙江省林业厅所属长乐林场任副场长。在林场这个对文化知识需求不高的基层岗位上，吴兴泰不但找回了自信，还得以充分施展自己较强的管理和协调能力。对于他的人生而言，更重要的是在这里遇见了方金妹，也就是吴晋江的母亲。

方金妹是大家闺秀，读过书，有文化，是江南一位地主家的女儿，并有三个弟弟。她贤淑知礼，但由于时代变迁，家道中落，嫁到了浙江兰溪的一个村子里。然而命运不济，丈夫因肺结核早逝，撇下她和一对儿女。不久，她再遭厄运，女儿夭折。为了将儿子带出大山，不让儿子自小受人鄙夷，她投奔到余杭一户柳姓人家当保姆。柳家女主人是方金妹的发小，是浙江医科大学老师。也正是由这位发小牵线，方金妹进入了吴兴泰的生活。

1964 年，吴兴泰与方金妹结婚。因为吴兴泰的干部背景，他与方金妹的婚姻有着鲜明的组织安排意味。方金妹在孤立无援之中唯有嫁人才能改变命运，也只有结婚她才能迁入户口。生活的痛，总是绵绵不绝，时常令人猝不及防。婚后不久，方金妹的儿子因患脑膜炎骤然离世，年仅 10 岁。这以后几年，她生下了女儿吴晋兰，之后又有了儿子吴晋江。

父亲对吴晋江的影响是多元而深刻的，他不安分的基因犹如幽灵一般沉潜在吴晋江的血脉之中。或许正是一生受困于文化的贫瘠，吴兴泰对子女的文化教育十分注重，对吴晋江和姐姐吴晋兰的教育投入总是倾力而为。吴晋江记得自己幼年时父亲最愿意为子女们做的事就是买书，这是吴兴泰重视孩子教育最直接的体现。

因为缺少文化，限制了吴兴泰的人生发展，使得这位在苦难和战火里奔突而来的农民父亲，更盼望自己的子女能够有文化引领，人生之路可以走得更辽远宏阔。在吴晋江的记忆里，父亲不仅是家庭的经济支柱，也是他获取精神滋养的源头。

作为从旧社会过来的人，吴兴泰却有着与同时代人的诸多不同，其中最突出的是他渴求远行。“我父亲是个特别愿意看世界的人，他从冯家庄去参军或许就因为有着他走向远方的内心追求。”成年后的吴晋江对自己的父亲有这样鲜明的认知。他更是清晰地记得，父亲还曾独自一人怀揣有限的盘缠，去南方旅行，停不下他看世界的脚步和目光。这在当时，父亲这样的行为是与众不同的。在吴晋江的记忆里，父亲带他远行是特别鲜亮的暖色，饱含温情而又充盈着他能懵懂感知的仪式感。“我在 10 岁时，父亲就已经带我和姐姐一起坐飞机出行了，记得飞机上（上海—杭州）每人赠一杯牛奶和一袋饼干，这在当时，我这样的小孩能坐飞机旅行是常人不可思议的。”能给吴晋江内心镂刻如此特别和独特感触的父亲，以自己不寻常的面对世界的态度，给幼小的儿子传递了一种“迎向世界，走出自我”的生命意识。而这样的意识，在以后漫长的岁月中，深刻地影响着吴晋江的生命轨迹。

在吴晋江大学二年级的时候，父亲带着他去山西寻根。在北京人民大会堂外照了这张合影。吴晋江跟父亲的合影非常少，那个时候的沟通也不多。后来父亲告诉吴晋江，他年轻的时候就喜欢一个人巡游中国，他希望吴晋江将来能够多到外面去看一看。

父亲对探寻外部世界充满渴求，这一点深深感染着青年吴晋江。1985 年，父亲带着读大学的吴晋江一路南下，去了厦门、泉州等地，还带他见识了集美大学这个充满时代感和文明意识的高校。“我初初领略了外面的世界，那是我打开视野，打开心胸的开始。”1986 年，以现在吴晋江的意识来理解，他又经历了一次影响自己命运和思维格局的旅程。父亲给他安排了一次还乡寻根之旅。吴兴泰带着吴晋江北上，他们先坐火车到北京、山海关，一路上住一元钱的浴室当旅社，然后到陕西省和顺县冯家庄吴兴泰的老家。不用说在几十年前，交通、思维、文明程度都与今日迥然不同，即便是在今天，以引领儿子重走自己的生命之路作为引发其思索人生价值的方式都是并不多见的，吴兴泰对吴晋江的用意令人感叹。吴晋江如今回想，那分明就是父亲赠予自己的成人礼。

面对无比熟悉而又变得有些陌生的故乡，吴兴泰如何内心激涌，吴晋江不得而知，他只记得父亲淡然地对自己说：“以后的旅行，你就自己一个人去走吧。”这句蕴含着无限深意的话，直到今天吴晋江都觉得言犹在耳，感怀良多。

很难说清，以后吴晋江生命旅程的辗转与颠簸、行走与离别，与这次父亲引领的寻根之旅有着怎样无法分割的关联。但他的生命轨迹却也有着父亲一样的自我追寻，自我放逐，自我探求，自我征服。在属于自己的百转千回的旅程上，吴晋江感受着万般风景。

在山西当长工做苦力、在军营扫盲学习文化、复员后南下浙江机关单位担任领导、调到基层林场做负责人、工作之余奔

1987 年，母亲六十大寿时，吴晋江和母亲去杭州一个照相馆拍下了这张照片。那年吴晋江 21 岁，在杭州师范大学读大三。这是他和母亲为数不多在照相馆拍的照片。吴晋江当时外表看起来很书生的样子，内心却充满了对外界的期望。

吴晋江第一次看到这张照片好像是七八岁的时候。父亲请照相馆的人用毛笔写下了照片上的话，他才知道是母亲带着他和姐姐去杭州看病的时候拍的，当时他只有 5 个月。这张照片上他和姐姐真的很像。父亲在整理这些照片时所传递出来的爱心，给了吴晋江很大的影响，直到今天他都有一个习惯，把每个人生阶段重要的照片都保存下来。

向外部广阔世界，吴兴泰的生命经历就是在奋进与闯荡中寻求突破与改变。无可置疑，关于心灵、思想、梦想，父亲都是吴晋江最初的启蒙者。

吴兴泰手里珍藏着两本特别的相册。“我父亲传承给我们的物件并不多，这两本相册是他传承给我的重要心灵财产。”吴晋江把父亲传给自己的两本相册视若自己与父辈生命的纽带。这两本相册中的相片，是吴兴泰亲自选定的，其中一本是女儿吴晋兰，一本是儿子吴晋江的。每一张照片都配有拍摄时的详尽说明，虽然父亲文化有限，但是他请照相馆工作人员在他细腻真情的口述下书写照片说明，使得每一张照片有了丰润的光泽和温暖的情节，无论相册在时光里蒙尘多少年都不改它令人动心的底色。尤其是其中对全家福照片的整理和编排，更是淋漓尽致地显现着吴兴泰对儿女的情意、对岁月的眷念、对生活的热忱。丰厚的相册充盈着苦难岁月中暖人的光芒。在吴晋江心中，父亲留给自己的相册是比物质财富重要得多、珍贵得多的家庭遗产。“这是我所收获的最为重要的家族传承。”多年之后，吴晋江再次寻根访祖，他竭尽全力设法将山西冯家庄父亲旧居里的石磨、扁担从千里之外运回自己在深圳的居所，安放在最显眼的位置，这不仅是一种继承和铭记的仪式，更是一种对家族传承、家族文化的确认。

吴晋江今天的生命影迹是吴兴泰思想的投射，那种血脉的交融与心魂的观照，吴晋江能深刻地领会到，而且刻骨铭心，就像他说的：“父亲对我的影响更大！”

父亲的独特传承给了吴晋江不寻常的思维与眼界。中学时语文老师曾经布置过一篇主题为“春天”的作文，同学们一致对春天进行礼赞，吴晋江却写出了一篇《厌春》，以逆向思维

山西省和顺县冯家庄，当年父亲做长工时住过的老房子只剩下了一段土墙。吴晋江在土墙旁边照了这张相，他尽量去想象，父亲在这里当长工时是一种什么样的情景和感受。

这是吴晋江父亲曾经住过的祖屋。在他印象中最早看到这个祖屋是在11 岁的时候，当时坐一辆卡车从杭州一直开到山西，半夜到达村里，父亲把全家带到这个房子里，进去是一个长长的炕，一家人就住在这个炕上。第一次听说祖屋要拆迁，他特意从深圳过来拍下了这张照片。这一栋至少已经有几百年历史的祖屋永久地消失了，他把门前的两块青板石运回了深圳……

当吴晋江从一堆草丛中无意看到这副石磨，突然想起父亲在他大二的时候带他回来寻根，曾经告诉他当年就是用这个石磨来磨玉米。他摸着这副石磨，想象父亲在70年以前怎样使用这座石磨，又磨些什么。他萌生一个念头，要把石磨带回去。这是他们家族真正精神和文化传承的实物。

这是祖屋门前的青板石。吴晋江和亲戚说这个房子要拆了，能不能带门前的几块青板石回去？亲戚说没问题啊。吴晋江想这个青板石上曾经走过多少人？他从来没有见过大爷（就是父亲的哥哥），更没有见过爷爷和奶奶。但是他们一定在这个路上来来回回地走过。父亲小时候也一定是在这个青板石上面玩耍。如今这几块青板石已经运回深圳，也把他们家族的这一段时光和记忆带到了深圳，让他和孩子们能够在深圳感受到上百年的历史记忆。

去审视春天对人的影响，从思辨的角度去思考春天。在另一篇题为《春风》的作文里，他没有像其他同学那样写“春风”的外在物理气候，而是选取了好人好事令人如沐春风的角度。吴晋江写作中的奇思妙想远不止这些，他的文字透着他奇特的思维，常常令同学和老师惊诧。他小学时的语文老师董芸说：“吴晋江在我教过的学生中太特别了，他上课尽搞小动作，但我还没法讨厌他，因为讲课的内容他都听进去了。”董芸回忆，吴晋江的作文优异是师生公认的，一些公开课都是将他的作文作为范文来念。“吴晋江和同学们关系非常好，也很擅长与同学沟通，所以很多时候我们老师做家访，为了取得更好的效果，都会叫上他一起去。”多年之后，董芸对于吴晋江在小学时就显露的独特，还留着强烈的印象。

吴晋江学生时代的“特别”远远不止这些。他在高中时期经常独自坐公交车去各种博物馆参观，去尽兴地感知自然、地理、历史。大学期间他和几个同学坐火车去当时人们觉得遥不可及的敦煌。到深圳闯世界的前几年他也从不拘泥于现状，内心澎湃着一颗“不安分”的心。哪怕是今天，他也不愿意居住在刻板局促严整的市区，而更情愿连同心一起安居在天高地远的海边，似乎这样他对未来的期许和奔逸的期盼都有了安放。父亲吴兴泰“向往远方”的情怀犹似一份确切而完整的基因遗产被吴晋江继承，人生的辽远似乎在他幼年之时就懵懵懂懂地成为内心的渴求。回溯今生不息的步履，他亦从未放弃过对生命广袤辽远的探寻。

吴兴泰没有文化，然而他一生对文化的渴求与尊崇从未停息。参军进入部队的一个重要动因就是为了在军营里进入补习班学习文化——脱盲。教育子女，他更是十分关切文化对于孩子的熏陶。在吴晋江姐弟很小的时候，父亲给予他们最多的就是书籍。“爸爸时常从外面给我们买回很多书，他格外重视我们的教育，印象里他最愿意买的就是书。”在吴晋江的意识中，父亲不仅是这个家的经济支柱，更是源源不断地给自己以精神滋养。即使在吴兴泰晚年病中，他也从没有间断每日的读书看报。

吴兴泰对文化如此看重，主要是源于自己的经历，正如他对吴晋江所说：“我这辈子就是吃了没文化的亏。”因为没有文化，他早年只能做劳工卖苦力。从朝鲜战场回来，转业到浙江省人事厅工作，吴兴泰明显感觉自己并不受同事们重视。很大程度上是出于自尊，他才申请调到长乐林场工作。颠沛大半生，吴兴泰认识到，只有一个文化能量强大的人，才会有尊严和自信，所以在子女的教育上，他无比注重文化的培养。在父亲吴兴泰的意识里，教师和医生是最理想的职业。光阴荏苒，女儿吴晋兰真的成为一名中医，儿子吴晋江成为一名教师，这其中自然有时代与命运的因由，然而多少也隐含着吴兴泰强烈的人生引导，和儿女潜意识里对父亲有意无意的遵从。毫无疑问，这样一种家族意识的投射更为浓烈地照耀着今天的吴晋江，无论是他今天对学习求新求变的强大学习力、进取心，还是对自己孩子学业的不计成本的投入，都是吴兴泰文化教育的思维自然而然的延伸。

多年之后，吴晋江对父亲曾有一句画龙点睛的概括：“我父亲所有的心思都在路上。”纵观吴兴泰的一生，这样的评价十分恰当。父亲一辈子东奔西走，生命足迹的起承转合，无一不是自我选择的，无论身处多么困厄、低微的境遇，他的目光总是向外、向远，这成为他坚持走在路上的动力。当年吴兴泰决绝地离开冯家庄去参军，正是他一生最非凡的生命抉择。在那个年代，一个身无长技的苦力离开土地，应该说是一种对命运的叛逆。这样一种“离经叛道”，多年之后在吴晋江身上再次显现——他毫不犹豫地抛舍教职，断然离开余杭，心甘自己犹如一粒沙尘飘向高远未知的深圳。

纵然艰涩，但吴兴泰从没有怀疑自己对于外面世界的向往之心，他从古老的大地走向战场，从衰败凋敝的山西冯家庄辗转到四季如春的江南余杭，即使到了功成身退、安居乐业之时，仍然会揣上满心的好奇和憧憬只身旅行，从不停歇对这个世界的观赏和探求。也是这样的行走，使吴兴泰改变了自己的命运。这样的改变一直经久地延续，延续到了儿子吴晋江的命运之中。吴晋江半生不断远行、出走、逐梦，从余杭到深圳，直到鼓励自己的大儿子远赴万里之遥的美国波士顿，又何尝不是吴兴泰探求这个世界的未了心愿在家族中的温情延伸？何尝不是吴兴泰的生命在吴晋江内心深处一次次呼啸着重生？家族历史、家族价值观就在这样悠悠无尽的岁月中润物细无声地传承。

吴兴泰的红色基因里流淌着对党的忠诚，也因为历经新旧社会的天差地别，他更有着革命者的品行——刚正不阿，勤俭清廉，为事业倾尽心力，大公无私。哪怕是晚年身患重病，作为林场负责人，他本可以为自己报销药费，但他从不去向组织张口。父亲的品性就像一尊凝练而肃穆的石雕，令吴晋江常常警醒并对照自己。

如果说父亲是照耀自己头顶的不灭之光，那么母亲对于吴晋江来说，就是他无尽的旅程中脚下的大地，令他走得安稳、沉实。

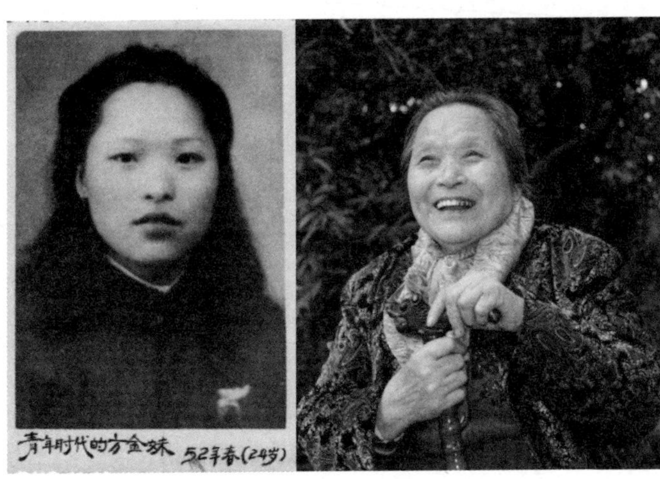

左边这张照片，是吴晋江母亲年轻的时候。吴晋江觉得母亲的气质当中既有传统女性的善良本分，又有一种大家闺秀的大气。而右边这张照片，是母亲 80 岁时拍的。这张照片是吴晋江最喜欢的，母亲年龄越来越大，心态越来越平和，她笑得如此灿烂，可以看到老人家内心非常善良而平静。两张照片隔了 56 年，这就是老人家的一生，本分、善良、热情。母亲也把这些性格特征传给了吴晋江和姐姐，让他们终身受用。

母亲方金妹出身大户人家，自幼贤淑知礼，因社会变迁、先夫病亡，命运急转直下，沦落为读书人家的保姆，勤勉坚韧铸成了她的品性。在吴晋江的印象里，母亲善良，待人甚为热忱，也格外好客，人缘极佳。吴晋江承认自己外向、乐观、慷慨的性情多因幼年受母亲的影响。他在小学时就经常心甘情愿与同学们分享食物，收获过种种与人分享的喜悦和快乐。

作为一个公务繁忙的领导干部的家属，母亲的心灵是寂寞的，就像阴雨天房檐的青灰瓦片，没人能感受到她内心的寒凉。母亲的热情好客或许正是希望能够更多地与人交往以填补自己心中的空落。晚年时，儿女不在身边，母亲独自过了 17 年独居生活。

1994 年 3 月，从余杭中学教师岗位执意远走深圳 3 年之后，正在深圳大街上骑单车送报纸的吴晋江，接到一个他并不感到意外的电话——卧床近 10 年的父亲吴兴泰，在严重阿尔茨海默病和糖尿病摧残下，并发症导致身体脏器衰竭去世。吴晋江当天即飞回余杭，在医院为父亲守灵。父亲卧床期间，他曾多次回去探望。父亲的状况时好时坏，后期因严重阿尔茨海默病，除了认识母亲之外已经完全失忆。2010 年夏天，独居多年的母亲方金妹也在深圳吴晋江家中安详平和地辞世。

时光的情节和温度总镌刻在内心深处，时刻重新闪现。今天，吴晋江已经比年少时行得更多，走得更远，也见识过更绮丽的风景，然而这头上的耀眼暖阳，这足下的深沉大地却依旧如此熟悉，他知道那正是自己来时的路，他的父亲和母亲其实一直在陪伴着他，活在他的魂魄里，令他看到光亮，走得坚实。

第二章

青春飞洒　路在脚下

1981 年，中国改革开放的焰火刚刚点燃不久，时代处在多元而全新的转变之中，鲜润、迷茫、混沌、错杂与生机的气息弥漫在整个社会思潮之中，新旧交替无所不在。那一年吴晋江正读初三。

小学毕业后，吴晋江从农村乡镇小学转入浙江杭州市余杭镇的余杭中学。初三那年，因为迫近中考，吴晋江和其他同学一样选择了住校。“我们 50 多个学生住在一个大教室里，环境很简陋，空气很不好。”吴晋江对第一次住校生活的记忆很深，尽管条件非常恶劣，年少的他却显示出超然的乐观，他用很短的时间就适应了住校生活。

每个周末父母会准备些自己做的干粮和小菜，作为吴晋江接下来一周的食物。周日下午，吴晋江会骑上四五十分钟的单车去学校，他总会带上一袋母亲亲手腌的咸菜。这廉价之物常常为涩滞沉闷的备考时光添加一些滋味，令他在备感煎熬的日子里仍然可以感受到亲情的滋润。

吃学校食堂是需要购买饭菜票的，在资源匮乏、生活水准普遍不高的那些年，吴晋江的印象里像榨菜肉丝这样的菜应该算是

吴晋江高一年级时住在余杭中学外面租的宿舍，这一条河就是他们早上洗脸刷牙的地方。那时天气特别冷，他们用冰凉的河水洗脸、刷牙，然后步行去学校吃早餐。好多年过去，当他重新看到这一条河，想起年轻求学时代的辛苦，也为自己感动。那段时光让他养成了一种勤奋学习的习惯，后来他在工作上也是非常勤奋——一个好的习惯可以延续终生。

很好的菜了，大约一毛五分钱一份。像他这样干部家庭的子女伙食标准要比其他同学稍高一些，大约每月有5块钱伙食费。

初三一年，在学校和班级中吴晋江已然表现出不寻常的交往能力与表达能力。办黑板报，他一个人就可以完成所有的写作内容和编辑、抄写等工作。在班上他担任宣传委员，班级里有关表达、沟通与组织方面的事务，他都是师生们心中的第一人选。

“初三那一年住校应该是我离开家独立生活的开始。”吴晋江认为那一年是自己全新生命的起点，很多思想意识都在悄悄地逐步形成。生活正在向他徐徐展开那纹理繁杂、图案斑斓的巨大屏风。

升入高中，上学需要徒步走23公里。学校在镇上的巷子里租了几个房间作为学生宿舍。因为缺乏水源，镇上的苕溪成为学生们心中的圣地。那不仅是学生们饮水的源泉，也是他们刷牙洗脸的必去之处。高中的住宿条件比起初三更苦。尤其一到冬天，吴晋江晚上常常冷得难以入睡，需要把裤子翻起来包住脚御寒。

高中阶段，吴晋江相比同学们而言谈不上更用功，但是他独立思考的能力得到了扎实的培养。他写的一篇《有志者事未竟成》的作文，曾经在班级引发轩然大波，充分显示了他不愿意以常规思考，更愿意动脑从别致的角度审视问题的思维方式。谈起这篇学生时代的“代表作”，吴晋江至今还印象深刻。“我那时就是觉得不能把成功的因素都盯在志向上，成功的因素有很多，我就是想表达成功的原因不能以偏概全。”吴晋江的语文老师董芸看他的作文总会在诧异里有着发现的喜悦，“他用文字表达他的思想，很不像一个中学生的思维模式，他的作文里总有着令我意外和想不到的思想表达。”董芸概括：独立思考、不同的表达、标新立异的思维，这三点是吴晋江与同学们不同的地方。作为教师，抛开欣赏，董芸也常常提醒吴晋江不要犯大忌，不要唱反调。但就像一颗深入沃土的饱满种子期待昂扬长成果实，蓬勃而生的思想绝不可能受限于任何的压抑，吴晋江看世界的独特眼光正在炯炯养成。而这似乎都离不开他儿时的家庭环境，离不开父亲对他的熏染和影响。

自小学到高中，每次父亲从林场回来，特别是周末回来都会带回很多报刊，读那些报刊是吴晋江在家中最快乐的事。“那时候我父亲有条件拿回来很多报纸刊物，我特别期待读上面的内容，往往一个晚上我就全都看完，最爱看的是《参考消息》。我是发自内心对报上的内容感兴趣。”能够持久激发吴晋江兴趣的正是这诸多报刊中承载的世界变化的信息。报刊上万花筒般的外部生活，成为吴晋江中学时代了解与观望世界的最主要渠道，也使他超越了其他同学的眼界。

吴晋江高中时最想实现的职业梦想，是成为一名战地记者。他坦言就是直接受到了最喜欢的《参考消息》的爆炸般信息的冲击。“我越看越想走向外面的世界，这个阶段大量求知的阅读现在看来对我成长的影响是直接的，它增强了我的独立思考能力，开阔了我的视野。”从大学到进入社会闯荡，吴晋江都拥有比一般人活跃的思考，而他相信，这些都和自己中学时期着迷看报刊的经历分不开。“那个时候，父亲最支持我的就是看书，只要是书父亲就舍得给我买。”他回忆。

吴晋江对这个他充满好奇的世界尝试着问候与打量，也是在高中时候就迈开了他主动探索的步伐。难得休闲的周末时光，他会花上两元钱，坐公交车到杭州西湖边参观浙江省博物馆、西泠印社或是其他博物院、纪念馆，他在里面一逛往往就是一天时间，临近傍晚才意犹未尽地坐车回学校。杭州所有的文化园地在那个时期他都去看过、领略过。同样，他的心灵与思想也一次次被滋养过。历史、地理这些关乎自然与世界的内容就像一个强磁力的魔盘吸引着年少的吴晋江欢喜、痴迷、探寻。就像他所说的："我从小喜欢那些未知的内容。"而这些未知的内容最终指引着他在岁月流转中奔向辽阔的天地。

高一、高二两年的学习中，吴晋江并不比其他同学用功和刻苦，所以两年之后（当时高中两年制）的高考，他只考上了大专。按照当时的情况，若读完大专，吴晋江毕业后将会回到原籍成为乡镇一名公务员，这是他难以接受的。于是，他几乎没有犹豫，决心再复读一年。

复读的一年里，吴晋江学习的精神风貌与之前有了迥然的变化，勤奋刻苦自不必说，甚至很多时候都是宿舍熄了灯还要自己点蜡烛去复习。在与应届班同学的竞争中，复读班学生需要付出更大的耐力和毅力。为了督促学生们早起看书，老师会在清晨 5 点来到宿舍，将学生拽出被窝，逼迫他们起床跑步热身，养成早起读书的习惯，抢出更多学习的时间。"复读班那一年的确很苦，但恰恰是那一年养成了我很多好的习惯和品质，这些对于我后来的工作都很受益。"吴晋江觉得那一年的磨炼对于自己后来的成长极其有价值。

再次高考，吴晋江一心想考到省外见世面，所以报考志愿都填的省外大学。为了保底，他也同时在"服从调剂"一栏填写了"服从"，而正是这珍贵的"服从"二字确保了他可以录取在本科之内。最终，吴晋江以 477 分——高出本科录取线 1 分的成绩，被杭州师范学院中文系录取。“我当时被录取真的谈不上激动和高兴，没太开心也谈不上兴奋，没有走出省外毕竟还是有些遗憾。”说起高考结果，吴晋江至今还是难掩一丝失落，不过他对于进入杭州师范学院读书倒是生出了一份幸运之感。“杭州师范学院在当时是不被人关注，也不被看好的，这反而给我们这些身在其中的学生更宽松的发展环境，我们的思想有了更自由的空间，可以充分释放我们的想象力。”对于无限渴望自由、跳脱更多拘泥的吴晋江，一个无名的高校在某种程度上反而成就了他，他可以最大限度地放飞自己。

平缓地适应并度过大学一年级后，吴晋江内心萌动的与世界亲近的思绪焕发起蓬勃的生机，他成为班级甚至是系里的活跃分子，被推选为中文系学生会的宣传委员，继而成为整个学院学生会的宣传委员。他主编系里的文学期刊，并乐于组织和积极主导学校的各项艺术活动，灵动的思想在青春飞扬的学生会里一次次擦出闪亮的火花，吴晋江渐渐感觉到自己正在成为自己。在中文系首届戏剧节中，他导演并担纲主演的话剧《魔方》获奖，他也被评为最佳导演和优秀演员一等奖。这样的荣誉不仅使他因找到心灵满足而幸福，更成为他一生的骄傲。

吴晋江大学时期就能够在学校的戏剧舞台上显露头角，并不是花开偶然。他自高中就喜好戏剧，杭州的胜利剧院一有话剧演出，他都尽可能去看。他最喜爱看的话剧是曹禺的《原野》，一次兴致盎然地观赏之后，他按捺不住内心的激动，提笔给主演宋洁写了一封信，表达自己对《原野》的理解，直抒对这出

吴普江同志：
在一九八七年中文系、首届戏剧节中成绩显著，被评为优秀演员一等奖，特颁发此证，以资鼓励。
一九八七年十二月一日

在杭州师范学院就读的4年，是吴晋江人生中最快乐的时光。那个时候杭师不是重点大学，却给了学生一个可以充分发挥想象力的空间。中文系发起首届戏剧节，吴晋江参与其中，和同学们一起演了话剧《魔方》，吴晋江饰演主持人。戏剧节、学生会工作让吴晋江不断地提高自信，他把戏剧节获奖证书一直带在身边。

话剧《魔方》演出结束，全体演职人员出来谢幕。吴晋江饰演的角色是主持人。这些经历对于他非常重要，后来他能够在讲台上自如自信地表达，跟在中学和大学里的经历分不开。

话剧的感受，倾吐对当晚演出的体会。宋洁竟然给吴晋江这位无名观众回了信。多年之后，宋洁辗转来到深圳大学表演系任教授，与她的小迷弟吴晋江还有了相逢的机缘。每每念及此，吴晋江颇为感慨。“戏剧在我看来有一种特别崇高的美，我自小就向往和崇尚壮观和崇高。”或许正是这样一种被向往的壮观和崇高，在日后多年里以一种神奇的力量牵引着吴晋江，毫不倦怠地出发与抵达。

浙江知名戏剧导演黄岳杰一直任教于杭州师范学院，与吴晋江有多年师生情谊。黄岳杰也是浙江大学生戏剧发展的先驱人物，由他创办并主导的杭州师范学院大学生戏剧节已经持续了 30 年。吴晋江在大学戏剧舞台上的“闪转腾挪”，他有着清晰的见证。

“那时候班上本地学生居多，学生之间也各有所谓的抱团。吴晋江属于小镇青年出身，算是夹缝里生存。他在班级生活里与同学交往态度比较中立，但是非常善于吸收新思想。他的思想往往不拘泥于常规，总有惊人之思，在和我探讨艺术时常常有思想的火花迸发。他最让我难忘的一个神情就是在戏剧讲座中，总瞪着大大的眼睛，全心聆听。”吴晋江读大学的四年是中国社会发展变化最大的年代，杭州师范学院宽松、包容、开明的意识氛围使得他活跃的思想有了被激赏的可能。那时，在学校里如果见到一个衣着另类、穿戴特别、哼着崔健歌曲的年轻人无拘无束地走动，那一定是吴晋江。吴晋江就像一抹流动的暖色，丰富着这个世界的色彩。

在黄岳杰的印象里，吴晋江是传统教育的叛逆者，又有着很高的情商和自我教育、自我学习的能力，并且组织能力强。

第一次令黄岳杰见识到吴晋江的舞台能力，正是他自编自导自任主演的话剧《魔方》。“他很能抓住人心。”黄岳杰对吴晋江的舞台能力点评既简洁又透彻。在这个话剧的舞美设计里，观众和演员是隔着一道“墙”的，吴晋江居然可以在演出中创造一个“神来之笔”，乘兴来到台下采访女大学生观众，并将观众自然而然引上台参与演出互动。高校话剧舞台就像一个巨大磁场，淋漓尽致地激发着吴晋江不拘一格的艺术天赋与才能。黄岳杰说：“在戏剧舞台，平时课堂上不怎么活跃的吴晋江有了爆发性的提升。”而这样的“爆发性”显然不仅仅是吴晋江的才华，更是他的思想与心智。

戏剧舞台时光是吴晋江大学时代青春飞扬的剪影，他不打麻将、不睡懒觉、不谈恋爱，他将热忱全部投入在图书馆、在艺术鉴赏与实践、在与人交往之中。“在大学期间，我知道人与人交往是有不同点的，人与人有很大的差异，和什么人交往对于自己很重要。”也正是在那时，吴晋江深切领悟到与人交往需要选择，要与有能力、有责任、有品德、兴趣相投的人做朋友。也正是在学生会的工作交流中，身为宣传委员的吴晋江与众望所归当选学生会主席的马云有了交集，并且在日后还有一段奇特的缘分。

1988 年暑假，吴晋江给自己布置了一项极为有象征意义的作业，主动参加了一次非同寻常的旅行。这年夏天，黄岳杰计划与四名毕业班学生共同去进行一场别样的毕业旅行，视黄岳杰亦师亦友的吴晋江怀着无限憧憬和热望，与另一位非毕业生一起，也报名参加了。他们从杭州出发，经嘉峪关，抵达敦煌，然后从敦煌辗转九寨沟、重庆，再坐船游长江抵达上海，历时一个多月，人均花费 700 元。吴晋江现在仍清楚地记得，乘火车时 7 个人只有 4 张坐票，3 张是站票，夜里得有人睡在座位底下，但是每一个人都兴致盎然。

因为抵达兰州太晚，无法找到可以入住的酒店，年轻的教师黄岳杰带着几个青春恣意、无畏无惧的年轻人居然就在马路边睡了一夜。不想清晨醒来，发现众人入睡之处恰是一个酒店的门口。许多年之后，这个想来仍让人忍俊不禁的旅行桥段，在泛黄的时光里依旧温暖着他的记忆。那也是吴晋江第一次到敦煌，见到魂牵梦绕的莫高窟。“从那一次之后，我完全被莫高窟所折服和震撼，看到莫高窟的瞬间，我想这就是我内心追寻和探求的崇高之美。”情之所至，吴晋江居然在无限畅快和兴奋之中在敦煌沙漠里撒了泡尿，这类似于行为艺术的举动，似乎在一瞬间彻底释放和发泄了一个小镇青年曾经梦想失落的不甘和压抑。自那次犹如朝圣般初识莫高窟之后，吴晋江先后 12 次从远方前来瞻望，每每站在莫高窟脚下他都激动不已。“我在当时就下定决心，将来等我有了小孩，一定要带他来看莫高窟，领悟这个世界的大美。”吴晋江没有食言，在他大儿子 7 岁时他实现了这个心愿，和儿子一起再次站在莫高窟脚下，感受这个世界的雄奇。他希望等自己的小儿子长大一点，他还能够带小儿子来再次面对莫高窟这个他心中崇高之美的化身，或许在这种仪式般的仰视中，他也会觉得儿子能渐渐懂得自己这个父亲。

关于那一次充满趣味的旅行，黄岳杰有着极为深刻的记忆，尤其对于吴晋江一路上的状态，他感觉是同行人中最突出的一位。“我带领几个毕业班的学生去进行毕业旅行，吴晋江作为非毕业班的学生，对旅行满怀渴望，是主动要求加入的。同行的学生里大部分来自农村，只有他来自镇上，相比其他人显得不太能吃苦。但是他非常机灵，也善于交际，在这个旅行里算是我们的‘外交部长’，一些对外联系沟通的事他都是冲在前面。”黄岳杰笑谈曾经有一次吴晋江偷偷说服了管理财务的同学，在买水的同时又超支买了酸奶，不想回来时与黄岳杰迎面相逢，情急之下，本想将酸奶藏到身后的吴晋江把水藏到身后，伸出来的手里却是偷偷买的酸奶，一时众人皆大笑不已。

当他们行到戈壁滩一个名为大柴旦的镇上时，天色已晚，已经不再有过路车了。“我们当时也没有买到票，车也错过了，我们只有想办法去搭车。在一个汽车修理店我们见到一个面相很凶的人在修面包车，那个车如果搭乘我们正合适，但是我们都不知道该怎么去请人家帮忙。吴晋江就直接自然大方地去和人家沟通，我不知道他具体是如何交流的，但明显他的沟通能力极强，交流效果很好，我们坐上了车去往青海的德令哈。”黄岳杰还记得那一天是 1988 年 7 月 25 日，他们去往的德令哈就在一个月前诗人海子刚刚路过，并在那里留下了传世的诗作《日记》（又名《姐姐，今晚我在德令哈》），诗歌里浸透着并不美丽的荒凉和凄楚的泪水，然而德令哈却是吴晋江飞洒的青春里抵达的一个鲜亮的人生站点。

从九寨沟、黄龙去往成都，吴晋江在见到松潘草原的一刹那，感觉自己犹如一缕风，畅快自由地飘在天地间。他真切领会到这个世界是那么辽阔和神奇，他对生命存着满满的期待。黄岳杰记得一路上吴晋江戴着一顶遮阳帽，凡是与自己交流过的人就会请对方在帽子上签字，作为特殊的纪念。与邂逅的日本姑娘也相谈甚欢，与乘坐的吉普车也要合个影，行程里的每一幕，吴晋江都满心欢喜。

有一幕黄岳杰至今想起来都觉得可爱可亲，“我们在草原上坐在帆布卡车后面的敞篷里，一阵大风把吴晋江的帽子给吹飞了，他一直闷闷不乐，像个孩子一样。整个行程他似乎最娇气，但是一顿好吃的就能化解他所有的孩子气。”

浙江知名投资人徐汉杰是吴晋江的大学同窗好友，也是与他同行敦煌的伙伴之一。因为一路亲如兄弟的旅行，他对吴晋江的了解更为透彻。“我们这一路走来，感觉他是个特别乐观的人，无论遇到什么不顺心的事，他都是开心的。而且他对生活品质还挺有要求，对于我们来自乡下的同学，他算是懂得生活的。”徐汉杰当时在团队里负责管理账目，他记得吴晋江总是撺掇自己尽可能多支出一些经费提高旅行的品质。中途吴晋江搞了好几出滑稽而尴尬的“小意外”，他至今想起还觉得可亲。吴晋江处于困境中还追求美好的心灵境界是他所佩服的。时代烟尘，席卷而过，后来吴晋江南下的一系列神奇人生历练，更令徐汉杰赞叹。

在徐汉杰心里，吴晋江一直是一个很真实的人，从不装腔敷衍，是一个很容易成为朋友的人。“在学校我们同学眼里他就是个乐天派，有才艺也有思想，还有些小聪明。做事情往往不拘泥于形式。”第一届校园戏剧节上吴晋江星光绽放，至今令他难以忘怀。

时至今日，黄岳杰依旧觉得吴晋江拥有一颗率真、坦荡、恳切之心，依旧不懂得伪诈、造作，依旧喜怒形于色。黄岳杰的感触成为吴晋江为人处世的印证。现在，生性热情乐观的吴晋江一旦发现微信圈里价值观与自己不符的人，就毫不犹豫，迅即拉黑删除。

第三章

耳际风铃　热血江湖

流年碎影，时光不舍昼夜。

大学毕业后，吴晋江回到余杭镇上。家人托关系为他找到在当时境遇下可以寻觅到的最好落脚地——浙江省余杭中学，在这个当地最好的中学，他成为一名班主任兼高一语文教师。在这里，吴晋江被年华所眷顾，也被命运所裹挟，他心怀痛苦，在满腹梦想与现实支离而撕扯的折磨下度过了三年时光。1988年至1991年，这三年，他的脚步被现实逼迫着在这里停泊，然而心却早已高飞于远方，那是吴晋江生命里无比炽热和鲜亮的三年，也是他无尽怅惘的三年。

年轻教师萍水相聚，没有年龄的阻隔，心灵在相同的环境里自然从容贴近。吴晋江和老师们一起打网球，一起纵论天下，一起畅想未来，在荷尔蒙的感召下无拘地相聚，有着说不完的共同语言。喜欢标新立异的吴晋江思想的火苗，总会在某个不经意的情境与时态里，被灵感骤然唤醒，那灵感源自对自我的追寻和确认。吴晋江策划并发起了“无目的旅行”：“我当时就把周围爱好文学艺术，又喜欢旅行的人召唤在一起，不定期一起骑着单车去进行没有目的地的旅行。”谈起自己的初衷，吴晋江说因为当时受困于环境和地域，年轻人的梦想无法放飞，对于世界的好奇渴求太多，却又知之甚少，他组织的“无目的旅行”可以以相对简单易行的方式来释放内心所承载的很多内容。实际上，吴晋江领衔规划并践行的这一颇具仪式感的旅行方式，在今天来看依旧充盈着艺术气质，“无目的旅行”的核心正是放飞心灵，让心灵变得轻盈、清净和生动。

吴晋江更希望为学生们的心灵带来丰润的养分，他通过种种努力为乡镇中学的孩子们，在并不宽广的视野里，吹拂沁入心脾的柔暖温煦的风，其中最有代表性的就是他从杭州师院请来美学老师，为高中生阐释美学对于生活的价值。时至今日，吴晋江与不同的学生多次重逢，那些学生提及最多的还是那堂难忘的美学课，大家说得最多的话就是“那是我人生当中印象最深刻的课”。

高中任教时，吴晋江最为自己感到骄傲的是在他的策划下，创办了一本手刻的中学文学期刊《博天虹》。在这本校园刊物每期扉页的上端刻写着一段小字：“美从来都是短暂的，不断的追求使美成了永恒。”这正是从吴晋江心底流出来的声音。这段饱含哲思的文字闪亮着对美深邃的理解，或许当年未成年的学生们并不真正领会这句话的深沉意味，但《博天虹》像夜航里的灯塔，照耀着航行中的人们，给予他们勇气和希望。而对吴晋江而言，《博天虹》不单单是他引领学生们去往梦乡的阶梯，更是慰藉自己孤苦的心灵、舒缓自己梦想空落的良药。

师生欢聚、教学与生活的热烈场景，根本无法缓解吴晋江内心的孤寂与痛苦，他的愁苦无人能说，无人知晓，在他乐观的微笑里，藏着只属于他一个人的落寞。“我的痛苦是因为我在这个小镇中学根本望不见自己的未来！”教师是吴晋江向往

吴晋江在余杭中学当老师的三年，记忆最深刻的就是他曾经组织了一个文学社，文学社拥有一批既是学生又是朋友的文学爱好者。他还主编了文学刊物《博天虹》。在给这个刊物起名字时有过争论，后来定下了《博天虹》。他觉得彩虹永远都是短暂的，但是不倦的追求却能成就永恒，博就是追求。

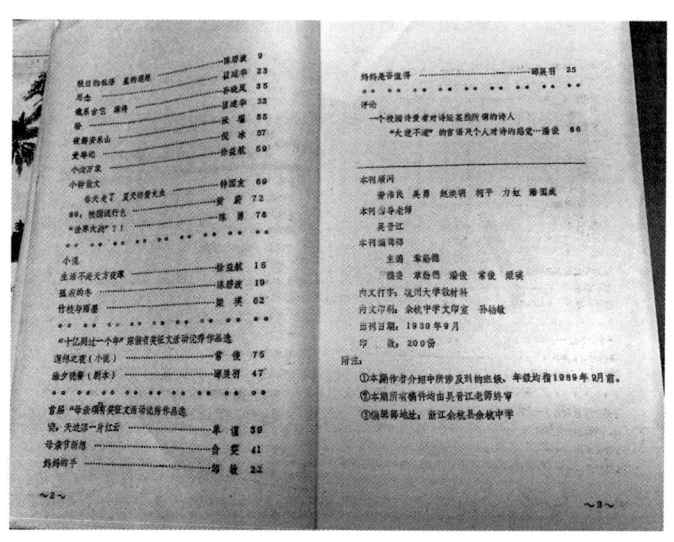

本刊顾问
劳伟民 吴勇 赵焕明 柯平 力虹 潘国成
本刊指导老师
吴晋江
本刊编辑部
主编 章励德
编委 章励德 潘俊 常俊 梁瑛
内文打字：杭州大学教材科
内文印刷：余杭中学文印室 孙柏敏
出刊日期：1989年9月
印 数：200份
附注：
①本期作者介绍中所涉及到的班级、年级均指1989年9月前。
②本期所有稿件均由吴晋江老师终审
③编辑部地址：浙江余杭县余杭中学
～3～

编刊物对吴晋江来说并不是大学才开始的，他在中学的时候就已经担任学校黑板报的主编，在小学时就喜欢写作，在大学时候他自己手刻编过刊物。他曾经是杭州师范大学学生会的宣传委员，当时马云是学生会主席。所以，到余杭中学教书之后，编文学刊物也是顺理成章的事情。

和热爱的职业，他也很喜欢和学生们一起生活，也很留恋与书本打交道的日子，但他无法平息内心的冲突。“当时教师收入低，不被尊重，这些社会弊端还不是真正困扰我的，真正令我无法忍受的是这样的生活根本无法满足我对梦想和生活的希望。”连吴晋江自己都不知道，一个近乎毒誓般的念想正在悄悄埋进他的心灵深处——一定要离开这里，这儿不属于我！

在余杭中学任教的几年，吴晋江从没有谈过恋爱，或者说他根本没有想过谈恋爱。因为要印制《博天虹》，吴晋江每个月都要数次去杭州大学的校办企业盯印刷，与他长期合作的一位女孩对他动了心，送上矜持轻浅却真挚的爱意。当吴晋江意会之后没有犹豫，坚定地拒绝了女孩。“我是直接表示自己不会考虑恋爱，因为我确信自己一定会离开！”

在与吴晋江亦师亦友、最有心灵呼应的学生徐益航心里，这位不走寻常路的语文教师是这样的——“我觉得我们特别谈得来，他在我们整个学校里是最为特别的一位教师。有的时候我会由衷感觉他的所思所想都已经完全超越了我们的学校，或者说他不属于那个地方。”徐益航当年是《博天虹》的重要参与者和编辑，她眼中的吴老师与学校里其他老师一点儿都不一样，“他的思想与行为似乎总不入学校的流，总与他的身份不相称。”徐益航的感知来自吴晋江在日常教学、生活里给学生们带来的诸多近乎神奇的独特心灵感受，这些都引发了学生们的尊敬和喜爱。吴晋江犹如一粒火种，点燃了一些在青春风暴里激荡摇曳的心灵的焰火。

那个由吴晋江发起并持续很久的“无目的旅行”就颠覆了徐益航对以往中学学生集体活动的印象。在那个时代，吴晋江就像一股清流，在那个迟滞沉缓的校园里，清徐舒朗地沁入了很多学生的心田。徐益航记得，正因为吴晋江那炽热的激情，甚至带有偏执的坚定追寻真实的自我，使得他赢得了不少学生的追随。

“我那时能够很明显感受到吴老师内心的压抑。他常常在课堂给我们放崔健的《花房姑娘》《新长征路上的摇滚》这些歌，他在学校的很多行为用常规世俗的目光去看也多少含有叛逆的成分，对我们一些思想个性比较强的学生都很具有包容性，倡导在课堂自由发言。”徐益航说自己在后来的整个学生时代，都再没有遇见过像吴晋江这样力主学生个性张扬、思想独立的老师。徐益航遇见吴晋江的那个时期，正处于她思想意识形成的关键阶段，吴晋江像一抹闪电点亮了她的夜空。她坦言，虽然自己与吴晋江相处时间有限，但他却是对自己在思想启蒙时期影响最关键的人。在课堂上，吴晋江常常超越课本去畅谈外面的世界，引导学生们与他一起去思索时代的变化，向学生们“越界”阐述自己对生活方方面面的个人见解，并引领学生一起参与交流讨论。徐益航很清楚地记得吴晋江在课堂上的一句名言：“难道你们就甘心这样在这个小镇上永久地生活下去吗？”这又何尝不是吴晋江心底对自己的诘问呢？透着他决绝的志向和不可辩驳的勇气。

徐益航对吴晋江的感知是对的。乡镇教师的时光对于吴晋江是煎熬和撕扯的，他的内心时时被巨大的冲突所撞击。“那时候我父亲病重，长期住院需要我照料，不能离开。然而，我觉得自己的未来在这里完全没有希望。”巨大的失落令吴晋江彷徨迷惘，他的心已经振翅而飞，奔向远方，而他的双脚却被深深禁锢在原地不得动弹。身心分离的悲哀与苦楚在时光流逝中愈发凌厉。“父亲的病需要我留在身边，晚上他常常睡不着，不时按铃叫醒我，我整晚都在折腾中。”这样的“折腾”似乎就是命运对吴晋江的摆弄，虽然这暂时压制了吴晋江的身，却更激发了他追远逐梦的决心。

该来的总是要来。生命里有些呼啸而来的东西是任何人也无法阻拦的。

1991 年 3 月的一天，吴晋江在《语文》课上用录音机给学生们放了一曲崔健的经典摇滚作品《一无所有》。吴晋江的上课方式以及他对崔健作品的喜爱，学生们都知道，但那天并没有多少学生觉察出他的一丝意味深长的叹息。曲终之后，吴晋江平静地告诉学生们，他已经决定了，将离职去远方。

直到三十多年后，吴晋江才透露一个当年的隐秘。“我们镇上当时有一个老先生，他曾经对我讲‘你是雪地里的一匹马，你注定要去外面的世界，应该是南方，越远越好’。”

“我的离开其实还是充满了时代痕迹。我教书的时代充满着理想主义，我一直非常喜欢崔健的歌，从他的歌声里我听到很多自己内心里的东西，他唱出了我的心声。我觉得他的音乐是深深理解我的。”吴晋江认为崔健的歌曲对自己人生关键的一迈有着重要意义。早在这节酝酿已久的《语文》课前，他已经向校长和书记写好了辞职信，决定南下前往当时改革最火热的前沿——广东。

其实，在余杭中学的三年里，吴晋江为了远飞，谋划了诸多逃离的场景和对远方的畅想，甚至付诸类似演习般的实践。1989 年暑假，因为邻居的亲戚在海南定居，吴晋江与邻居一起准备远赴偏远的海南岛，尝试找工作。然而，在广州转车的途中，吴晋江遭遇了一次当头棒喝。邻居去找车，他照看行李，就一眨眼的工夫，眼前的两个行李箱竟不翼而飞，举目间只人潮汹涌，嘈杂无际，瞬时感受到自己微若尘埃，飘忽不定。他抬头一望，眼前正是广州的“流花宾馆”。

吴晋江随邻居去到邻居亲戚所在的海军基地，暂时落脚，然后在海口到处找工作。找工作的过程一路碰壁，吴晋江原本高昂的兴致消减了大半。迫于重重窘困，他入住10元一晚的廉价通铺。有人以《亚洲时报》名义招驻杭州记者站的站长，他交完费毫不费力地得到了这一职务，后来被证明是骗局。他至今还记得在一家名为“永不回头”的餐厅吃了在海南的最后一顿饭。

暑期将满，吴晋江从海口返回路经湛江时已身无分文，但他毫不紧张，仿佛还沉浸在一次神奇的探险之中。他向人借了40元买了返回浙江的火车票，通知同学来接。当他抵达杭州时，肮脏如难民，狼狈似逃犯，同学难以相认。

回看吴晋江至今的人生际遇和选择，有诸多关节点令人注目，这所有的一切都源于一个原因：他有一颗想看世界的不安分的心。很多年后他解释当初的决绝是因为想尽快离开余杭。“在那里时间越长越会干扰和影响自己持续进取的决心。”如果没有父亲重病在床，吴晋江相信自己一定会更早更果断地离开那个生养他的乡镇。“我的思想斗争极为激烈，父亲卧床我不能撒手不管，而且我知道父亲一定坚决反对我摔掉铁饭碗的决定。”吴晋江的判断极其准确，当父亲得知吴晋江的“离经叛道”，怒不可遏，他找到县公安局，请求不要给吴晋江办理到深圳入关的边防证。父亲还拄着拐杖跑到吴晋江的小学老师董芸家里，怒斥董老师没有把自己的儿子教好，给自己儿子做了坏的引导。

然而，吴晋江所在学校的年轻老师们却在他离开的当天，在校门口放起了经久不息的鞭炮。这些鞭炮声可理解为是对吴晋江去路的祝福，也饱含着对他来路的佩服。

吴晋江记得不少年轻的同事和他拥抱，他们对他说希望他能闯出一片天地，他们说吴晋江激励了自己，他们将来会与他一起闯世界。

1991 年春天，吴晋江遇到自己小学时晚一届的校友楼涛，旧时同学知悉吴晋江的心思后，为他推荐了她在佛山熟悉的一个鞋厂。吴晋江内心对新世界的渴望和对旧地方的挣脱感已经无法自持，他没有仔细思量便急不可待地再次南下。身上只有母亲给的 350 元和从表哥那里拿来的 50 元，怀揣 400 元闯江湖，相比第一次南下闯世界的“逃离”意味，此行对于吴晋江来说似乎更坚定了奔向新生活的决心。

吴晋江记得自己是乘火车于夜里抵达广州。刚一出火车站他便被一位拉客住宿的大姐给“抓住”，因为一日的疲惫，满身倦意的他已无心讲究和自寻落脚处，便和对方走了。虽然他也过过粗陋的生活，但小旅馆的脏乱和破旧还是令他极为不适。“在那个夜里，我内心剧烈的恐慌感突然全都冒出来。”

那一夜的挣扎，只有吴晋江自己清楚。第二天又一路奔波，终于抵达佛山鞋厂，老板接待了他。吴晋江以为会直接去上班，老板却安排人带他去参观工厂。他看到这是一个不大的加工运动鞋的台资工厂，几乎都是女工。晚上工厂里还安排导师过来给员工讲课。因为对眼前境遇的失落和失望，吴晋江毫无心思去听讲。晚上 10 点，他被领到一个狭窄脏乱的宿舍，其中已经有好几位工友躺在通铺上，显然吴晋江要在一段时间里和他的许多工友挤在这里度日，他想都不用想就知道那时光一定是枯槁干涩的。“我当时快要疯掉了，我一个大学毕业生居然沦落如此，要和这些人天天生活在一起。”吴晋江无法接受这样的现实，在床头坐了 10 分钟，再也没有犹豫，穿好衣服，背起背包夺门而出。尽管根本还来不及想清楚自己将要去向哪里，但他必须离开此地。对于不想要的生活他似乎从没有过丝毫妥协和忍让。

路在何方？比起抛舍眼前工作的决绝，对前程与出路的探寻似乎更是吴晋江迫在眉睫需要解决的问题。他连夜在马路上拦了一辆去往广州的大巴，投奔到广州的朋友龚勇之处，在龚勇的宿舍里留宿了六七天。在这几天时间里，吴晋江尝试着在广州寻找工作，皆毫无收获。

天无绝人之路，正当吴晋江困兽般煎熬的时候，曾经为他介绍鞋厂工作的楼涛犹如及时雨，再次为他提供了工作之处——一家深圳的鞋厂。吴晋江当即赶往深圳。这是一家更大的鞋厂，台资老板非常重视吴晋江大学生的身份，与他正式谈话，愿意培养他做后备干部。经过一个月正规培训，吴晋江被聘为车间裁断组组长。

吴晋江的内心终于渐趋平静，走到这一步真不容易。

吴晋江从大学毕业，进入中学任教，培养了许多与自己心志相投的学生，这是他年轻时光里最感到难忘和骄傲的事。直到如今，他都格外珍视自己曾经的教师生涯。

1988 年 9 月到 1991 年 3 月，执教两年半之后，吴晋江不顾多重压力，甚至被指斥为“不孝”“傻子”，抛弃了众多人争抢的教师“铁饭碗”，只身南下广东，令人错愕，但他没有丝毫退缩、畏惧和怀疑自己的选择，因为那是他内心对精彩世界的努力追求，是不甘碌碌无为的无畏追寻。

附录：永远善待梦想

问：童年岁月为您留下了怎样的生命痕迹？

答：首先，在我童年的日子里没有饥饿感，没有自卑感。因为父亲身为林场领导的原因，我 10 岁可以穿上皮鞋，11 岁得以坐上同龄小朋友不可想象的飞机。在当地我俨然是一个富家子弟，所以我在童年里始终很自信，不为温饱发愁，尽管身处大山之中，但是我从无自卑感。当时我被称为“街上人”，这是一种身份的象征，我吃居民粮，过年父亲总能分到“猪头”年货。我从没有因为自己在农村上学而自卑，反而因为父亲身上的光环而十分自信。这样的自信给我增加了某种天然领导力的信心。我进入小学的第一天就被选为副班长，以后的学生时代我也一直都是班干部。在担任班干部时我也是极其自信的，或许是父亲在领导位置上对我有熏染，同时又因为自己“高干子弟”的身份而自信有加地参与到班级建设中。

第二，我儿时非常喜欢看书，只要是我想看的书父母都愿意花钱给我买。很多小时候看的书直到现在我还保留着，书里似乎有广阔的世界等待我用眼、用脚、用心去了解和认识。小时候我看连环画，看到海边风光，非洲椰子树，就埋下了向往海边生活的种子。我特别向往去海边居住，我来深圳买的第二套房子就选择在海边。现在我换了房子，但无论离城市多远，我都要选择在海边居住。

第三，因为我父亲来自山西，母亲生长于浙江，山西与浙江这两种迥异的文化混合在我的身上。我在农村小学上学，又在林场长大，经常跟随父亲走遍林场的山山水水，经历也很混杂。

父母的南北文化集中混合在我身上，这使我对新事物的接纳更宽容，而在这样的宽容里也孕育了创新的因子。

记得当时全林场只有我父亲的办公室有一份《参考消息》，每到周六，我都可以看到。我特别着迷于看《参考消息》，那似乎是我了解外界的唯一窗口。也因此，我对外部世界无比向往与好奇。

如果说有什么影响，那就是童年生活使我直到今天，一直都无限向往远方，一直都不安于现状，一直都愿意奔走在梦想的路上。我总确信自己的未来不属于林场，不属于小时候待的地方，一定是在远方，我觉得我的世界会很大。

问：您从父母那里得到的最宝贵的东西是什么？

答：我觉得是父母教会了我为人处世。父亲用他的人生告诉我要做一个正直的人，我从父亲那里懂得一个男人应该有宽阔的心胸。他常常陪伴和引领我去旅行就是在默默教导我。而母亲是一个具有中国典型优良传统的农村妇女，她以自己的言行教我对人要真诚、热情。父亲教我的更多在于如何做事，而母亲教我的更多在于如何做人。

问：您在学生时代形成的哪些品性决定了您现在的命运？

答：我一直想去往更大的世界，有着看大世界的抱负和心愿。这令我从杭州到了深圳。这样一种心愿和向往就是在学生时代形成的，并且延续至今。

我学生时代就特别喜欢表达，这也有父母、家庭的影响。我看书多，作文好，笔头表达能力强，同时我乐于口头表达，这使得我后来的演讲能力较好。所以我现在可以成为保险系统内知名的、有影响力的讲师。我的视野比较开阔，经历比一般同龄人丰富，所以我有着比较强的思考能力。这都源于学生时代的锻炼。

我是比较热爱创新的。我也相信创新是有逆反因子的。我学生时代比较逆反，因为观察得多，行走得多，思考得多，所以我不愿意按照传统思维规则去生活，同时我敢于表达自己的观点，这让我直到今天对于传统观念都有着反抗情结。这样的情结令我有过一些教训，但是让我收获了更多，让我拥抱了更宽阔的世界。

问：您一直非常在意自己的大学生身份与知识层次，为什么？

答：我相信知识层次的宽度与深度一定影响着人的发展。这一点我过去认识并不深刻。对于一些基础性工作，学历可能并不显得格外重要，但是对于一些非基础性工作，学历就显得至关重要了。知识一定会改变命运。我是小学同学里两个考上大学的之一，从现在的人生看我们这些同学也只有我们两人改变了命运。

读书很重要，学历也很重要，它们会使人与人之间的生活显现出巨大差距。就拿我身边的人为例，今天在我们分公司，总监、营业部经理大多都是大学学历，这是与他们所受的教育以及知识背景密切相关的。

学历是学习力的证明，我们今天的时代发展对人的学习力要求越来越高。通过我自身的经历我越来越认识到学习力的重要。有学历不一定代表就能成功，但对于一个人，判断他的过去，推论他的未来以及能否适应现代社会的变化，这些都与一个人的学历密切相关。

问：在最艰难的时候您是以怎样的力量支撑过来的？

答：我想提一个词："逆商"。逆商就是在逆境中生长与成长的能力。刚进入平安保险的时候，我常常打台球，但几乎都是输，我周围的朋友就劝我，别打了，反正赢不了，但我每次都依然去打。我屡败屡战，却从未服过输。直到今天我总想起，我抛舍一切离开学校只身前往佛山那个未知旅途的夜晚，我意识到前方或许是无穷的磨难，但路是我自己选的，再痛苦我必须走。在工厂打工的岁月让我懂得：适应了底层生活的内心可以拥有更多的沉淀。这也慢慢令我在日后越来越从容适应逆境，在艰难的时候我想得最多的不是抱怨和愤怒，而是坚信我总会有办法度过艰难。

问：有没有感觉坚持不下去的时候？

答：只有一次。那是刚来深圳的时候，我走在大路上，口袋空空，饥饿疲惫，就坐在路边大哭了起来。那是我在外生活唯一的哭泣，我当时也没有绝望，就是觉得很难过。哭过之后，我心情舒畅了许多，因为没钱坐车，我花了一个多小时走路回到出租房。

我天性乐观，同时也勤奋，爱思考，肯于吃苦，还有学习力，所以我在艰难的时候总会相信自己的未来。

问：回首那些艰难的时光，您最直接的感受是什么？

答：我很惊讶。没想到那么多艰难的时刻自己居然可以撑过来。我对自己的选择毫无后悔，同时我想如果重新选择，我也会毫不犹豫地再次选择同样的人生。1991 年 3 月放弃一切南下广东，在我的一生中是具有决定意义的。而 1995 年 3 月 15 日进入平安保险是我人生中的转折点。我对自己的选择深感幸运。

问：您在不同的境遇里一直在寻求不同的自我突破，您有最感谢的人和事吗？

答：在人生的追寻中，我自始至终一直在寻求更大的世界、更宽广的生命格局。

我最感谢的是吴学文老师，他教会我去努力寻找真我，使我一直有追寻真我的动能。我请您写这本书的初衷也是要总结和整理自己前半生的人生经历，使我对人生有更深邃的省悟和认知。我相信“真我在不同的生命追寻过程中”，我愿意“穷其一生”去抵达真我的至高境界——“无我”“忘我”。

我花费百万元去学习全球慈善领袖计划（GPL），是我觉得自己做的很值得的事情，这也正是我在践行去抵达“真我”的境界。

问：对于现在和您当初一样心怀梦想仍然在底层打拼的年轻人，您想说些什么？

答：任何时候都不要放弃梦想、信心以及行动。任何时候我们需要顶天立地做人做事。“顶天”指的是要敢于梦想，并在梦想中坚持努力。暴雨的云层上面永远是蓝天，穿越云层的过程是痛苦的，但云层的上端一定是碧蓝的晴空，我们穿越时有痛苦是因为没有找到合适的路径。“立地”是指脚踏实地地努力做事。

另外，我特别想和那些现在和我曾经经历类似的年轻人说：不要一个人去解决所有的问题。除了你自己的信念之外，你还需要寻求他人的帮助。在我们选择自我对话的时候，要懂得与家人、朋友对话，寻求外在的帮助。困苦的时候不要太自卑，得意的时候不要太自大。

我现在感觉自己已经超越了过去 80% 的客户，不是因为我赚到了多少钱，而是因为我的经历和事业。经历永远是人最珍贵的财富。

第四章

底层遭际　磨砺心性

尽管经历了在佛山鞋厂那一夜的挫败感，吴晋江依旧对自己抛舍原有生活毫不后悔，但劈面而来的现实也远远超出了他的想象。

1991 年 3 月底，他经过旧友楼涛的再次引荐来到深圳沙湾百门前工业区华立鞋业有限公司时看到的是另一番场景。这次吴晋江应聘的是工厂储备干部。“我看到这个工业区很正规，规模也比佛山那个大很多，管理干部也都是大学毕业生。老板和经理都特别敬业，也格外严厉。”有几个细节令吴晋江印象很深，他愈发感到这些细节实际就是对一支队伍素养品德的磨炼。“每天中午，工厂会检查工人有没有携带纸巾。如果查到没带纸巾会有严厉的罚款。其实这就是督促工人要养成卫生习惯。中午午餐必须排队，开始吃饭是有统一口令的，并且严禁说话。由保安统一把菜打好，要自己去洗碗，剩饭是要罚款的，出了食堂的门才可以讲话。我今天思考这些类似于军事化的管理，实际上对于培养一个团队的纪律与精神是非常有必要的。”吴晋江说。他印象中老板和经理在管理工人时用的两个手段就是骂人和罚款。而且作为管理经营者，他感觉他们都非常敬业，经常工作到凌晨一点，尽管在企业管理中缺乏温情，但吴晋江认为在当时的情境下对上千工人实行严厉的“军事化管理”，对于企业的高效运转以及培养团队精神还是很有必要。

吴晋江至今还记得给他们这些储备干部做培训的陈姓经理和工厂黄老板，都是极其敬业的典范。令吴晋江深感特别的是在一个月高强度的培训期内，工厂为了锻炼他们的意志，特别安排每天在露天晒太阳做运动两小时，作为他们的体能训练。“我个人感觉特别好，鞋厂的宿舍空地后面是很大的田野，我和一起培训的人就在那里踢足球。”或许在那样的时刻，吴晋江有某种梦想初飞的舒爽和快意。

20 世纪 90 年代，夜晚坐上广州往返深圳的大巴，沿途可见一望无际的灯光，通宵达旦地照亮一个个闯荡者卑微的梦想。“三来一补”企业的大量聚积使得广州、深圳成为中小商品的重要加工基地。这也是广州、深圳逐渐崛起的原因之一。而鞋厂是这些加工厂的重要组成部分，老板大多来自台湾地区。这些台湾老板对工人的管理总显得苛刻。

吴晋江的岗位是裁断组组长，他要督促工人将一张张牛皮裁成鞋子的模样。吴晋江管理着 100 多名女工，面对她们苍白的受教育经历，吴晋江再次陷入了沮丧之中。“这些女工上过学的不超过三分之一，高中学历顶多一两个，大部分都是农村女孩，作为一个大学生我又一次被逼迫和这些工人在一起，我心里再次发生波动，我感觉再次面临我无法接受的现实。”

生活让吴晋江也在发生着变化。与以往不同的是，再次面临无法接受的现实时，他选择了暂时的隐忍。

生活在最机械化最没有色彩的鞋厂里，吴晋江感觉其残酷性超出了自己的想象力。吴晋江在那段时间深刻体验到某种管理学上的悖论。“资本家逐利的方式令我非常不适，这样的管理模式是反人性的，但在今天以我的视角去看又觉得是有必要的。对于自律性差，又缺乏文化的劳工群体真的需要这样一种类似于军事化的管理。人性要求的是自由，而管理本质上就是与人性相冲突的。”吴晋江相信正是在这样的冲突中，人们会收获到某种东西。就如同他自己在这段极不情愿屈就的日子里同样有着收获，哪怕只是某种良好的生活习惯。“经理常常检查工人口袋是否带纸巾盒，其实就是督促工人养成好的卫生习惯。我现在带纸巾的习惯就是在那时候养成的。”

至于打工生涯，在被资本疯狂挤压的时光里自然是没日没夜地干。吴晋江记得有一次因为模具坏了，他被经理安排即刻去模具厂修，凌晨两点才回来。业余生活里没有娱乐，一些工人吃完夜宵回来，唯一能体会到些许乐趣的就是打牌。一周只有一天休息时间，工人唯一的休闲方式也只是在低廉的旧物市场地摊上逛逛而已。

吴晋江和周围的工人无法有交集，思想意识上也无法融合。他只能和周围同级别的人作有限的交流。在那段时间，工厂的老板曾经单独和他说的一句话最令他震撼：“中国大学生就是要面子！赚钱就要舍得放下面子，面子不值钱，人格值钱。”

所有的经历都是收获。吴晋江在深圳鞋厂的半年时间，对他后续的人生之路帮助甚大。“在这里我的心安定了，心安定了人就安定了。从这里的工厂我真正看到了资本的原始积累过程，非常残酷但异常现实。更学会了要想生存，要想发展，首先要放下面子。在自己身临其境里对管理数以百千计人员的团队有了实质的思考，懂得了制度才是最重要的保障。也从对台资老板敬业的佩服中学会了对待工作的态度。”一言以蔽之，在鞋厂的半年里，吴晋江面对现实，放下了自己。

在这半年，吴晋江只回了一次家。因为太想家，又不能轻易脱身，吴晋江让姐姐拍电报给自己谎称家人病重，以此为理由才勉强从铁面老板那里请了假得以逃离些时日。吴晋江在家里待了半个月左右，尽管身心卸下重负，但枯涩无味的生活依旧令自己窒息，他再次毫不犹豫地回到深圳的工厂里。吴晋江知道，前路艰涩泥泞，但会看到光亮，而退回原来的日子，心灵又会重新禁锢备受煎熬。

作为与台资企业合作的股东派驻企业的人员，周凯是在鞋厂里与吴晋江有深入交往的同事。在周凯的记忆里，吴晋江工作很努力，一眼就能看出与众不同。“那时他很随和，人特别热情，做事比较随性，但执行力很强，最显著的是他与人打交道能力强。”周凯回忆，当时鞋厂领导很尊重有文化有学历的人，对吴晋江还是比较优待和看重。

周凯也印证了吴晋江对工厂生活记忆，“工厂里的气氛实际上是比较压抑的，吴晋江算是很特别的一个了。而且等级森严，老板和经理时常打骂员工。”

当时在厂子里也有一帮有共同语言的人，他们与吴晋江一样大学毕业，是储备干部。这些有着共同背景的人常常会联系得比较紧密，这也让吴晋江多少感到些慰藉。周凯很早就感觉到吴晋江要离开工厂，他的离开只是时间问题。

对于今天吴晋江在保险事业上的成就，周凯丝毫不觉意外。“保险真是非常适合他。他有乐观者内心的强大，有人生的追求，同时他的为人给人以信任感，学习能力又很强。还有，就是他进入保险的时机非常好。”周凯认为正是保险在国内初步发展时吴晋江进入其中，给了他无限的发展空间和人生舞台。周凯心中的吴晋江是矛盾的集合体，“视野发散有专注，性情亲和却张扬。”

假日里，吴晋江依靠朋友给办的边防证偶尔进入深圳关内。“我当时还是想看看关内有没有更多的就业机会。”吴晋江在纷繁迷离的都市里无心领略万紫千红，还是希望寻到更好的前程，“我最先想到的还是当教师，所以我最留意的还是学校。”

踏破铁鞋之际，幸运悄悄而降。吴晋江在探访深圳大学软科学系时结识了一位姓沈的系秘书，这位沈秘书安排吴晋江住在了因假期而空闲的学生宿舍。陌生人施予的一丝善意，像一缕温暖的阳光照亮了吴晋江的小世界，驱散了眼前的迷茫，鼓舞了他那对未来忐忑却从未犹疑过的内心，他当即将鞋厂工作辞去。细算起来，在鞋厂工作了半年左右。“我住在学校里，感觉真是太好了，似乎自己又回到了大学。”至今吴晋江还念念不忘陶醉其中的滋味。而很多不明就里的工友以为吴晋江辞职是又去了另一家鞋厂。

决心离开鞋厂后做的第一件事，也带着鲜明的“吴晋江风格”。吴晋江花 5 元钱在鞋厂门前拍摄了一张照片，“这是我至今最难忘的一张照片，特别有纪念意义。”显然，这样的纪念承载着太多太多的内容，年华、梦想、勇气、坚持、不屈、信念……这样的承载直到数十年后的今天都满满嵌刻在吴晋江的脑海。2000 年、2012 年、2018 年，吴晋江三次带着家人来百门前鞋厂大门前合影。虽然这里已物是人非，却是他曾经的梦想蛰伏之地。他知道，他成为今天的自己离不开那半年的经历。

对于在鞋厂工作的半年，吴晋江感怀良多。“我感觉自己很幸运，因为有这一段生活的历练。如果我没有这些在底层的日子，我根本不知道劳动的状态，我也不理解企业是如何创业的。这段经历对我帮助太大，因为这段经历，我开始变得扎实、勤奋，不再做白日梦。也是从这段经历开始，我一步步适应深圳艰辛打拼的创业生活。现在回头看，我只有感谢，没有觉得丢人。”

从吴晋江真正开始去找工作的那刻起，他在异乡的蹉跎沉浮才刚刚起头。不难想象，最初的寻找是令人失落沮丧的，但梦想的步伐势不可挡。终于，在人才交流市场上，吴晋江窥见了一抹前途的曙光——《深圳商报》读者服务部正在寻找可以送报纸的人员，一位同样来自浙江的孙姓负责人面试了吴晋江。面试的内容很简单，更像是某种岗位告知，每天要凌晨四五点钟出发去送报纸，承受辛苦是这份工作的前提。吴晋江接受了这份靠力气吃饭的工作，因为他一心就想挤进城里，离开关外。

看上去很难寻觅到的新工作就这样轻易地开始了。吴晋江被安排住在深圳莲花中学的仓库，每天凌晨四点多起床，五六点钟去印刷厂取报纸，将报纸分发给 300 多个报贩子，然后将剩余的报纸骑自行车送到各个报亭。中午在上海宾馆食堂花一元钱吃一顿可口的午餐，这算是对吴晋江一份诱人的犒劳了。

当时蜚声国内的三联书店郑州分店在深圳的上海宾馆一楼落户，老板薛先生正是那位给吴晋江面试的孙姓负责人的老板，吴晋江除了送报纸的本职工作外，还要去图书市场给书店进货，常常用自行车驮着厚厚一摞图书回来。偶尔，他还要在书店客串一下营业员，晚上又成为仓库保管员。本职和几份兼职工作加在一起，给他的月薪是 400 元。

这张照片中的吴晋江已是《深圳商报》的发行员。能够和报社的记者、编辑租住在一栋楼里，他内心有一种和“文化人”在一起的荣誉感。前面短后面长的发型显得很文艺，据说他是深圳当时300个报贩子中唯一的大学生。

老板薛先生在当地人脉关系深厚，名人雅士常会光顾书店。这也使得吴晋江在选购图书时要有较高的品质和品位，时间一长，该店成为当地品质最高的书店之一，渐渐成为一处文化坐标。因为书店档次的提升与自己的努力相关，吴晋江也深有成就感。“那时候赚钱多少我没太计较，虽然超级辛苦，但我觉得挺值得，就发自内心地高兴。”那时的吴晋江生活条件极为简陋，洗脸、刷牙、洗澡都只能在莲花中学的卫生间里进行。然而，梦想犹如一粒发芽破土的种子，留在他心头的尽是对它茁壮成长的期盼，他来不及慨叹生活的辛劳。在送报纸的那些日子里，无论天气是阴晴冷暖，吴晋江没有缺勤过一天。

一个城市的清晨最开始来临的时候是什么样子，只有这个城市里的少数人能真正见识。吴晋江见识过深圳凌晨的模样，他每天天蒙蒙亮就已经骑自行车在路上了，他要骑 20 多分钟才能到印刷厂。“如果没有那段经历，我永远不知道深圳凌晨四五点钟的样子。”天由深沉的漆黑流向浅淡的鱼肚白，过程缓慢、艰涩，只有内心强大的人才可以在付出与等待中望见。在深圳，吴晋江成为这样一个人。

随着生意的日渐扩大，孙姓负责人拓展业务，又代理了《证券市场周刊》，溢出来的工作自然又落在吴晋江的身上。每周日晚，吴晋江要赶到广州去取刊，然后连夜乘车运到深圳，批发给报贩子。因为生意日渐壮大，孙姓负责人业务扩展的思路变得激进起来，他用客户提前预付的一年订报款买了十几辆长安微型面包车，准备把业务扩展到周边城市。1991 年下半年到 1992 年下半年近一年时间，报社发展得风生水起，越来越接近要过好日子了。

早年身为报社编辑的张学虎是在工作中与吴晋江接触密切的同事之一，他印象里的吴晋江吃苦耐劳，乐观热情，非常善于与人沟通交流，而且特别机灵，对人很友善。他们常常在一起边吃饭边长谈，相聚在被人遗忘的城市一隅。尽管相处异乡，但同龄人的心灵默契总能舒缓一下他们青春的孤寂。

张学虎还记得吴晋江在报社时一桩惊心的往事。某夜，他们几个年轻人在吴晋江租住的莲花中学对面吃夜宵，吴晋江出门时忘记将蚊香熄灭，火星滴落，将蚊帐点燃并蔓延开来，一时火势骤起，好在空间密闭，衣架、蚊帐等众多物品虽被烧到，但终归火势不大，消防车一来轻易就扑灭了。“我当时最担心害怕的就是堆在我仓库里的书，那是我唯一的家当。”提及此事，吴晋江仍心有余悸。万幸的是那些书没有被烧毁，只是被熏黑了许多，吴晋江一本一本小心地擦拭，在后怕中默默念叨“老天保佑！”多年之后，张学虎与吴晋江重聚时谈起此事，仍然后怕不已。

因为工作过于繁重，在吴晋江再三恳求下，报社终于答应找人来分担一些工作。一个来自外地农村的青年女子，在不经意中走进了吴晋江的生活。

第五章

初入“险”境　险象环生

当P因为工作关系成为他的第一个女人时，他们搬到了黄木岗安置区。对于P，吴晋江很难给出一个准确的定位，这样似是而非的男女朋友存在于半公开之中，维系了一两年时间，“我很难把她界定为我的女朋友，我无法公开，更不能对家里说，对于她我更多的可能是缘于身体空虚寂寞的需求。”然而，吴晋江今天仍然要坦诚地讲述和P的生命交集，这个女子如果今天被他漠视，他会感到深深的歉意。“我对她是非常感激的，和她交往的经历帮助我成长，她是一个令我成熟的女人。”在深圳这样一个聚集外来人创业和闯荡的城市，无论是过去还是现在，当年类似吴晋江这样解决身体需求的年轻人不在少数。

送报的时光里，无论天气如何，吴晋江始终是清醒的，他知晓自己从哪里来，更知道自己要到哪里去。他每日穿行于家庭、印厂、报摊、报社之间，极度勤奋，极度吃苦，但脚踏实地，不再好高骛远，终于在一次次的奔走和昼夜交替中，认识到大地与人间的真实模样。早上作为取报员里唯一的大学生，他和其他300个取报人一起出发，中午抵达书店进行图书搬运和管理，一天的送报过程中遇见各种各样的人，领略着千奇百怪的众生相。

人间所有的经历都是收获。后来，吴晋江进入保险业，他的第一个客户就来自他送报时相识的订户。“我送报时很多订户觉得我不像送报员。”订户们通过吴晋江的表现似乎看到了他的未来。“无论我做什么，都会把当下做好。”吴晋江有这样的决心，并在工作中努力践行，他收获的是人们对他更大的理解与尊重，甚至是某种善意的期许。

市场的无常毫无征兆地说来就来。孙姓负责人对《读者服务报》激进的商业经营以及对市场行情的短视、判断的偏差此时逐步显示出来。因为前期投入大量购车成本，却并未赢得预期的回报，加上内部人际交替，使得经营举步维艰。吴晋江见大势已去，果断辞职。

恰巧，此时深圳文物商店正在招一个业务员，吴晋江应聘成功。因为工作所需，也因为无处栖身，他又一次住进了仓库——深圳市博物馆的仓库。他自嘲自己又成了兼职的仓库保管员。

常年的底层打磨令吴晋江的性情变得圆润许多，消减了锐气，然而这或许仅仅是一种表象。一次。吴晋江随老板前往山东进货，一路上的交流中，老板有意无意流露出的轻视和不敬令他甚为激愤。在路途间隙他立即买了返回深圳的车票，用公共电话打老板的“大哥大”，直言立即辞职，回深圳即办工作交接手续。这看似激烈的意气之举透着尊严不可轻贱的霸气，也是吴晋江从不曾改变的真性情的自然流露。

吴晋江一直心向远方，但也从不认为曾经的经历是失败，所以他并不拒绝走回头路。他重新回到《深圳商报》的读者服务部。这时候办公地点已经换到了长城大厦，孙姓负责人又招了很多业务员。

当时，薛老板已经撤资走人，公司被孙姓负责人承包。孙老板曾经希望吴晋江可以一起合伙经营。对此，吴晋江的态度很鲜明，“我一直根深蒂固认为要挣大钱做推销员最好，我就不想去和他搞什么合伙经营。但我们的关系还是相当不错。”吴晋江记得因为母亲要买房，当时他还向孙姓负责人借了一万多元。然而，因为企业经营一直在刀尖舔血，最后读者服务部还是因为各种原因陷入困境。

公司崩盘已是必然，员工鸟兽散各奔东西。吴晋江面向前路毫无去处，他再一次茫然无措。迫于生计，或许更是为了打发时日，他去做了某品牌饮水机的推销员。然而不到一个月，这种毫无新意和创造性的工作便令他感到无聊和乏味，他索性又辞职了。

命运的诡谲就在于你根本无法把握它的规律。在辞去工作的某个瞬间，吴晋江脑海里突然闪现了“保险”这个词。“我对保险毫无了解，只是因为之前每次送报都会路过一个知名的保险公司，保险公司曾经还通过我的 BP 机通知我去做过理赔。我本能地觉得保险是做人的生意的。”“保险”第一次进入吴晋江的思想竟然如此轻易，然而却融入了他今后的人生岁月。

吴晋江的执行力从来都是强的，很快他就以无知者无畏的心态来到常常路过的通心岭这家知名保险企业的营销部。“我记得当时接待我的是一位姓唐的女士，她得知我来求职，二话没说，用手一指直接让我去跟另一个人做保险。”毫无准备前来应聘的吴晋江居然感觉到对方比自己还毫无准备，“既没有面试程序，也没有培训流程，接待我的人和我去跟随的人都像毫无准备，跟我的想象差得太远。而且整个营销部里的气氛毫

1994年下半年的一天，吴晋江来到深圳嘉宾路南洋商业大厦C座四楼平安保险公司应聘。他感觉当时一起应聘的都是和自己一样的年轻人，所有工作人员都穿着西服，脸上洋溢的笑容特别有活力，这给他很大冲击。他喜欢这种氛围，听说有7天培训，就更期待了。20多年后，他带领同事们徒步经过这栋大厦，南洋商业银行还在，这里是他开始梦想的地方。

无生机，昏昏沉沉，极为沉闷。”吴晋江内心有一个自我想象，觉得保险人应该是西装革履，整洁清爽，活力焕发，而他所见到的完全和自己想象中的南辕北辙。

欣慰的是吴晋江并没有因为此次的不佳体验而否定保险本身，不久之后在一份报纸的中缝广告里，他见到了平安人寿在当地的招聘广告。梦想之灯再一次点亮，没有丝毫迟疑，他很快来到招聘地——深圳南洋商业大厦 C 座 4 楼。在这里，吴晋江看到的年轻人有朝气、专注、热情，衣着得体大方，无论是精神面貌还是衣着都洋溢着青春活力。吴晋江在这里满怀热忱地参加了 7 天的培训和创业说明会，感觉自己收获满满。“我记得最深的就是创业说明会上给我们的希望目标——年薪百万不是梦。”这样的目标对于当时的吴晋江简直是不敢想象。1994 年秋天，吴晋江参加保险培训后已经渐渐做好了投入保险行业的心理准备。恰在此时，吴晋江的前老板找到他，因为公司濒临倒闭，几乎人走楼空，恳请他帮忙完成年底公司清算事宜。已无工作责任和义务的吴晋江看在往日情分，还是尽心尽力地帮前老板做了很多事情。

1995 年 3 月 15 日，前尘往事似乎一并落定。吴晋江在这一天正式入职为平安人寿深圳分公司保险代理人。这一天成为他一生的纪念日。

回望自己从 1991 年到 1995 年在深圳的四年时间里，吴晋江有着清晰的认知和评判。

四年中，吴晋江从未有过要做职业推销员的念头。同样重要的是这四年里他从没有虚度。他说：“正是这四年，使我彻底了解了一个完整的深圳以及这里的各种人。”毫无疑问，四年中吴晋江是辛劳和勤勉的，然而他不停地思索自己为什么没有成功，也没有挣到钱。“我选择的平台有问题。”这是吴晋江的自我判定。四年中，无论是学校，还是工厂，抑或是报社、书店、文物商店甚至饮水机推销员，无一不是他主动炒掉了工作和老板。选对一个行业，跟对一个老板，是他越来越觉得能使自己靠近梦想的正确路径，在他一次次抛舍原有的工作以及生活时，自己内心的格局正在一次次变得宽广。“天道酬勤，这个词一定是在选对了事业平台、跟对了老板、做对了事情的前提下才可能实现的。”吴晋江说。

挑战自己，改变人生，做与寻常人不同的自己，不愿意泯然于众，四年来吴晋江的每一天都在践行着闯荡世界的初心，他不曾懈怠，他义无反顾。在漂泊中追寻梦想，在梦想里拥有自己的人生舞台——这正是他四年来的坚持和守望，更多的是努力和奋发。他坚信自己能够成为一名企业家，但他笃信，企业家必须从推销员做起，选择一个符合时代发展方向的行业。

1995 年 3 月 15 日，迷雾散去，前路清晰起来。这个行业就是保险，这个平台就是平安保险集团。对此，他确信无疑。

那一天愈发久远，在吴晋江眼前就愈加清晰。像是特意映照他的内心，那一天阳光灿烂，他心情激动，穿上自己认为最好的衣裳，来到深圳华强北旧宝华大厦面试并顺利入职。他记得那是在赛格广场一个很旧的大楼里，一个宽阔的办公室几百人在开晨会，一位黄姓经理将他带到第二营业部介绍给伙伴们。那一刻，尽管吴晋江还是一个没有名气的新人，但他感觉自己像是破茧的新蝶，从这一天起，连同自己和整个世界都焕然一新。“我觉得保险这个行业有前途，平安保险这个平台够专业，

每一个人生命中总会遇到很多贵人。照片中左一这位王先生是吴晋江生命中的贵人，他是吴晋江的第一个客户。照片中间站立的这个小伙子，就是吴晋江第一张保单的被保人，当时2岁，现早已从纽约大学毕业，目前在上海工作。吴晋江赠送给王先生红木定制的保单盒。吴晋江很荣幸为王先生一家提供了超过20年以上的服务，这就是人寿保险代理人的价值。

符合我的价值感，能帮我成就梦想！”创业说明会和 7 天的培训之后，吴晋江有了这样的论断。而这一论断直到今天，他从未质疑，从未后悔。

憧憬无法逾越现实的藩篱。当吴晋江抖擞精神，容光焕发，豪情满怀准备奔赴市场时，他才发现眼前是摸不着边的茫然。“客户究竟在哪里？”穿上了西装革履的吴晋江走上梦想大道，脑子里却茫然无措，他这才意识到，真正走上街头寻找客户，险峻的挑战对于自己刚刚开始，或许之前的所有蹉跎与磨砺都是为了现在的启动而准备。

最初的客户开拓中，吴晋江想起了送报时的那些订户，他决定主攻少儿保险。他将自己的名片和保险产品的介绍资料收集在一起，按照记得的订户地址一一投入他们的信箱。以前，他投入的是自己的卑微生计，现在，他投入的则是自己对明天晴朗光芒的热望。

资料投出后，并没有回音。吴晋江并不失落，或者说他来不及失落。他开始按照原先的记录给订户们一一打电话，运气就像是在无边的沙砾中寻找一粒潜藏的珍珠，是否存在并无把握。电话那边更多的是礼节性的搪塞和躲闪，依旧毫无收获。直到最后一个电话，对方是一位姓王的工程师，表示愿意为孩子购买一份 360 元的少儿险产品。吴晋江骑上自行车，赶往香蜜二村客户的家里，签下了他保险生涯的第一份保单。有怎样的开心，或许除去吴晋江自己，别人体会不到。他记得那是 1995 年 3 月 22 日，他得到 100 多元佣金。他随即做了一件甚为奇特的事——花费 32 元，在福田科技馆的科苑花店买了一束鲜花连同保单，送到客户王先生工作所在的深圳建筑设计院。

当王先生拿到这束鲜花的时候百感交集，他说这是他人生中第一次有人送鲜花。20 多年后，在吴晋江这里不断投保不同产品的王先生已经快退休了，他从吴晋江的服务中一次次受益，保险不仅为他提供了全面的风险保障，还给他提供了投资渠道和财富回报。

“我的第一个客户和第一笔保单给了我巨大的鼓舞，我得到很大的启示，人与人之间，每一个人都有可能成为别人的恩人和贵人。”站在对方角度去考虑问题，与人相处要注重良好健康的关系建设，这是吴晋江从看似幸运的第一笔保单里收获的感悟。

还没来得及喘一口气，要命的瓶颈似乎过早来临。第二个月吴晋江已经难以找到客户，无单可签。无论他是否情愿，他都必须尝试着去做“扫楼”（挨家挨户去开展业务）的陌生拜访。现实的冷酷超出他的想象，他依旧颗粒无收。这个月他唯一做成的一单是姐姐为自己的女儿在他这里买了一份少儿险。

进入第三个月，吴晋江做出了一个重要决定——去摆台展业。“我当时觉得其他代理人档次太低，自己去摆台就得有和别人不同的东西。我要表现出自己的专业。”那时公司并未提供给代理人展业的产品资料。吴晋江决定根据自己了解的专业知识编绘出一目了然又结构层次分明的自制宣传资料。曾经的努力都会在某个时段给予特别的回报，以前在学校编绘黑板报的技能令他在制作宣传单时得心应手，而且充分发挥出了自己的才能和想象。

他在宣传单上介绍自己的身份。把呆板的数字用趣味图画表现，比如：少儿险保单他以博士帽为图案，使保单与孩子和

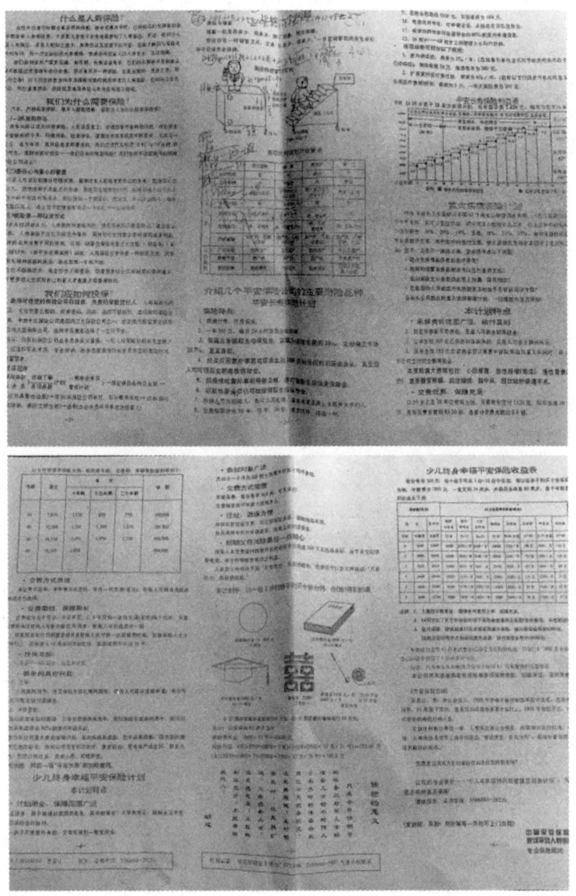

每次看到这两张自己印刷的宣传资料，吴晋江就特别感慨。这是他入职的第三个月（1995年5月），他花7000元印了30000份宣传资料。里面的内容大部分是他自己编辑撰写的。他当时就拿着这个资料，每个工作日下午到幼儿园门口摆摊，分发给那些接送小孩的人，周六周日去小区门口摆摊，就靠这样的方法，他积累了第一批客户。他说："如果要问我为什么能够在保险行业生存下来，是因为我的定位不是打工，而是创业，这两份资料充分证明了这一点。"

教育的关系一目了然。宣传单正反可折叠，外观上可以说做到极致了。为了广“撒网”，他制作了30000份宣传单，花费了7000多元。这笔钱显然他没有能力支付，然而为了自己的目标，他向当时同居的女伴P借了这笔钱。为了使自己在外表上更受关注与重视，他还特别花费200元制作了横幅、绶带以及小马甲。这些珍贵的物品他仍然保留着，它们不仅是岁月的记忆，更是生命跋涉的见证。

吴晋江根据自己生活圈子的位置以及周围的实际情况，每天在罗湖大滩大厦海关幼儿园摆台展业，分发宣传单，尽可能留住那些行色匆匆的脚步和真假不明的电话号码，也更留住自己内心对明日阳光的捕捞。第三个月，吴晋江终于签下了十几份少儿险保单，这些保户不知不觉间成为吴晋江第一批留存并不断潜心经营与维护的客户。或许这些无意中成为吴晋江最早客户的人们，也很少会想到他可以成为今天的模样。信任使吴晋江与他们此生有着意味深长的连接。

每到周末，吴晋江会选择在从前自己送报时的高档小区附近进行摆台展业。他觉得能够吸引别人的目光才是最重要的。“我当时不愿意照抄那些产品说明，就自己依照印象里看过的台湾漫画，把产品说明和详细内容以自我发挥的漫画方式展现出来。”他还特地准备了绳子，把这些漫画有条理有脉络地挂起来。“每次都会围好多人，然后我就特别有热情和自信地向大家讲解保险产品。”吴晋江回忆最初的展业历程，他说那段时间是自己保险事业的启蒙时光。在从事保险业的最初两年里，他每天晚上都是10点以后才回住处。

1995年5月，吴晋江想去摆台，除了印刷宣传资料，他还找到一家制作广告衫的小店，花50块钱做了一件小马甲。小马甲正面写着：“人寿保险正在走进您的身边、您的家庭，业务员吴晋江，5566888-20231。”背面写着：“中国平安保险公司少儿终身幸福保险、重大疾病保险、平安长寿保险，免费咨询，上门服务。”他穿上这个蓝色马甲，周末晚上在深圳大剧院门口派发宣传资料，很多人误以为他是个票贩子。其实今天看来他那个时候就有一种宣传和广告意识。这件马甲到现在还保存在他的衣柜里。

要想寻求展业的突破，必须找到其他代理人不太会想到的路径。吴晋江每天思索着“不走寻常路”，他想到了一个其他代理人都不会去的地方——深圳大剧院。在相当长一段时间的每个黄昏，人们都能看到一个身穿蓝色保险广告衫的年轻人满怀热情地在深圳大剧院的附近摆台，向来来往往的人赠送保险宣传页。“那个时候，大剧院里常常演出音乐会。我就觉得来看音乐会的人应该素质和修养都高，而且家庭比较美满和谐，更容易理解保险的价值。”吴晋江说起当时的初衷，非常有见地。

20 世纪 90 年代，一个刚入行的保险新人，肯自费 7000 元制作产品宣传材料，除去吴晋江几乎不会有第二个人。“我当时即使是借钱，也必须这样做，因为我不这样做一定就会被淘汰。”自从踏上保险营销这条路，吴晋江心里就认定这是创业，不仅仅是挣钱，更是自己信仰的事业，是自己内心的使命和一直追寻的梦想。因此，他对这令人咂舌的 7000 元看得很平淡：“这无非就是我创业前期需要投入的资金。哪怕是要去向别人借，都是我必须付出的。”

吴晋江一些保单的达成也颇有戏剧性。一次，他到深圳阳光酒店旁边写字楼公寓的 2 楼拜访，眼见一间屋门敞开，便敲门进入，只见一位先生正坐着低头看报。他自顾自地开始介绍少儿保险产品，对方始终不抬头也不发一言，直到最后谈到收益时，这位先生突然抬起头问：“孩子如果在北京能否投保？”吴晋江答：“可以。”在接下来不到 10 分钟的时间里，吴晋江为客户填好保单，客户缴费，保单达成。这看似不可能的一单却成为吴晋江早期最快的一次签单。这个客户后来还为吴晋江介绍了不少客户。

吴晋江坚持为送报纸时的订户发送保险产品推荐书。他不考虑回报，只觉得这样的坚持是自己当时必须要做的。直到有一天他在摆台时腰间的 BP 机突然响起，他迅即找到公用电话亭打过去，对方是一位叫占丽莎的女士，正是他投放产品推介书的一位对象。占女士向吴晋江询问少儿险投保的各种疑惑，他一一专业作答。他的专业和热情打动了占女士，她表示可以现在投保。吴晋江迅即骑上自行车去到占女士家中，正在与朋友打麻将的占女士缴了 3600 元，在他这里买了少儿险产品。

几天后，吴晋江去给这位在证券部门工作的占女士送保单，因为自己的恳切和真诚又结识了十几个准客户，这些人中后来有七八个成为他的客户。

最初，吴晋江展业只求真诚，对话术技巧不太注意。在去文华花园一个高档小区入户拜访时，他精湛讲解了相关保险条款的内涵，但这家女主人的态度突然变得极不友善，要求他立即离开。原本很有希望达成的一单莫名其妙化为泡影。事后，吴晋江意识到在讲解条款时他说过“如果您的孩子缺胳膊少腿伤残……”类似的话，“我反思，自己这样去讲解产品肯定不对，对方的反应我完全可以理解。后来我每次给客户讲解需要举例时都只以自己为例。”正是从这一件对自己触动很大的事，吴晋江坚定了不惜巨资要去印制产品宣传册的决心。他感受到把风险保障的要义传达给客户的时候，传达方式非常重要，会直接决定展业效果。

在吴晋江展业的第三个月，他签下了十几份保单。也正是这十几份保单，使他得以转正。

在早期的保险生涯里，吴晋江的很多保单看似有着幸运和偶然，但如果没有勤奋和坚持，没有对事业的热爱和对客户的热情诚恳，根本不可能得到这些好运的眷顾。

1995 年的三四月正是吴晋江初入“险境”经受重重考验的时期，他的很多对事业、对梦想甚至对生命的反思也大都在这个时候更深更透。

“我从没有觉得初入保险的那两年过得苦，我觉得比送报纸、比在鞋厂的日子好多了。”能够顺利度过初入保险业的艰难时日，吴晋江有自己的剖析：“最重要的在于我是以创业者的决心进入保险的。同时我非常勤奋。我也一直在用脑做保险销售。另外，我相信所有的‘果’都来自‘因’。所有当下在做的‘因’都可能会成为未来的‘果’。像我曾经送报纸的工作其实就在无意间为后来的事业做了有益的积累。”

永怀初心，不太在意眼前利益，勇于尝试，直面现实向前探寻，这些恐怕都是吴晋江得以度过困境，乃至今天拥有一个接一个事业桂冠的因由。

第六章

“险”中求生　长跑启程

1995 年至 2000 年是吴晋江进入保险业的早期，这个时期他感觉展业难度非常大。因为这也正是保险业在中国发展的初期。在描述这段时间的境遇时，吴晋江说：“绝大部分民众不了解保险，甚至抵触保险。作为代理人其实对保险也不太专业，我们只是比一般人多一些培训而已。”那时候人们的意识普遍是——买保险不如存银行，买保险不如买股票。

1995 年下半年，吴晋江在报纸上看到一则讣告。当事人是他的客户，在他这里为自己的孩子投保了少儿险。“我觉得特别意外，这是我成为保险代理人后第一位亡故的客户，记忆里她投保不到半年。”吴晋江在第一时间为客户办理了变更投保人手续。他也因为这个事例深切领悟到：“保险的意义就在于面对风险时能够帮助客户规避风险，而我没有帮到客户，有着无尽的遗憾。”

除了继续摆展台发放资料，在“陌拜”时吴晋江开始有意识选择高档写字楼、住宅楼拜访高收入客户。这个过程中他饱受冷眼与不屑，但他没有停下脚步。一次在“扫楼陌拜”西武大厦时，于 A 座 26 楼一扇虚掩的门前，吴晋江自报家门后赢得了对方的邀请，一位姓胡的先生询问吴晋江如何买保险。

1996 年 6 月 30 日这天，胡先生在吴晋江这里投保了百万保额的平安长寿险，年缴费 11 万，交 10 年。20 年之后，2016 年 6 月，客户可以领到 35 万返还金（第 4 次领取）。远在加拿大的胡先生接到吴晋江邀约他领取保险生存返还金的电话，同年 7 月 1 日，胡先生回国领取保险生存返还金，并在吴晋江的办公室留下了一张意义特殊的合影，那是他们对彼此的馈赠。

“这 100 万保额的保单对于我有两重意义。一是它是我的第一张百万保额保单；二是它使我对未来更有希望和信心。”而胡先生就是吴晋江始终铭记的生命中的贵人之一。也正是凭借这一张百万大单，吴晋江在正式成为代理人的第二年就荣升为业务主任。

吴晋江回首自己 20 多年来的保险生涯，觉得客户其实一直都在深深地影响着他。“修养越高，人格层次越高的客户越愿意信任他人。他们往往财富多，生活愉快，心地也有善念，有能力判断他人。”就自己的第一份百万保单而言，吴晋江认为正是胡先生有着高修养高学识高收入，之前有过投保财产险的经验，对保险有了解，保险意识强，又看到自己年轻时努力的样子，愿意给予信任和帮助，在需要保险时就选择了自己，进而成全了自己。“在成为保险代理人的早期职业生涯中，我觉得做人比做保险要重要。”吴晋江对自己的感触毫无保留。

胡先生 20 年前投保不断领取生存返还金，直到 20 年后回国领取更多的生存返还金，这个案例也使得吴晋江发现保险是三方获益的（保险公司、客户、代理人），三方共同成长，是共同的朋友。吴晋江认为：“这个案例也证明了我们时代的变化、财富的变化以及整个保险业的变化。”

人的一生中总有很多贵人相助，照片当中这位胡先生就是吴晋江生命中最重要的贵人之一。胡先生是他陌生拜访签下的第一个百万保额保单的大客户。20年以后（2016年7月），在吴晋江办公室拍下这张照片。这一年胡先生已经75岁了，但是身体非常硬朗，面带笑容，非常慈祥。20年前胡先生把信任给了吴晋江，对当时的吴晋江是一个莫大的支持。

这张照片是2018年在平安金融中心（新总部大楼）84楼拍的，象征着人寿保险这个行业的本质就是服务。吴晋江为胡先生服务了20多年，他们三者之间的关系就是保险公司、客户和代理人，这是三赢的关系。能够为客户服务超过20年以上的行业少之又少，人寿保险代理人是为客户服务时间最长、最有价值的群体之一。

同时，吴晋江从胡先生身上也看到了一种积极的人生态度，年轻的时候应该及时对养老生活进行规划。“年轻时懂得规划老年生活，年老时就不会辛苦，就会从容放下很多生活里的负担。”像胡先生一样，吴晋江愿意把客户当作给自己带来生活启迪的老师。

通过亲历的众多理赔案例，吴晋江也深深领悟到了人生无常。“‘人生无常’在我看来绝对不是悲观，而是一种正面的积极心态。如何使‘无常’变得‘如我所愿’，这其实值得我们每个人思考，催发我们更加奋进和努力。”吴晋江认为自己正是在这样的思考与努力中，变得更能按主观的意愿生活。“过去很多看上去安稳的职业都衰落了，而我依然有着较为稳定的赚钱能力，依然有稳健地向上攀登生活的理想。”吴晋江相信，面对“无常”，人照样有可能把握自己的命运。

从吴晋江在保险业的发展轨迹看，显然他不属于快速成长型。在 1996 年 7 月 1 日他成为主任后很长一段时间，职业等级并没有显著提升。他坦言自己在最初存在着各种局限，但他不急功近利，坚定走学习与研究的专业路线。“我当时过得比较难，甚至摆过地摊，但是我并没有去投机取巧，我始终没有放弃一点一滴的努力，我愿意成为一个厚积薄发的成功者。”1997 年至 1999 年的光景里，每一寸时光对于吴晋江都是利刃逼迫般的考验。1998 年，在他的事业和人生都处于低谷的时候，他认识了现在的太太陈霞。

“实话说，那几年我时常想到离开这个行业。最主要的是市场非常不好，即使努力工作也赚不到钱。而且我看不到自己前进的方向。”在相当长一段时间，吴晋江白天上完班，晚上和当时的女友（陈霞）去马路边摆地摊卖廉价工艺品。

那些日子，吴晋江时常用笔在本子上勾勒着文字。“我当时就反复在想、在写：‘如果我留下我将得到什么，失去什么？如果我离开我将得到什么，失去什么？’”

1999 年 6 月 10 日起，保险公司利率下调到 5%，有大约半个月的时间代理人无产品可卖，人们开始陆续离开。

生活的戏剧性总令人难以捉摸。有一天，出勤的人不多，吴晋江一个人在平安保险深圳分公司二楼的“天堂鸟”餐厅喝早茶，日子或许又像一页旧报纸毫无新意地翻过。就在这时来了一拨人，问这里可不可以买保险。“当时我根本没想到在保险看上去毫无出路的时候居然有人上门来投保，他们想买少儿险给孩子，而且当时就要投保。”这份保单居然是 17 万的趸交大单，仿佛天边砸下来的馅饼一下就落在了吴晋江的头上。因为当时“天堂鸟”餐厅只有他一个人在出勤。凭着这份从天而降的保单，吴晋江作为绩优代理人得到了前往九寨沟旅游的奖励。

这件天降美事让吴晋江开始自省和反思。“不是市场有问题，想买保险的人一直都有。有问题的是我们这些从事保险业的人。”后来这个观点演变为他时常挂在嘴边的语录：“市场永远是对的，如果有异议，请参阅第一条。”

时间打磨着人，也历练着人；考验着人，也选择着人。

2000 年春节前，吴晋江所在的营销部需要在包括他在内的 8 个主任中选择出一位新经理。

按照真正的业绩效果，吴晋江顺理成章可以排在第一，同时他为人很好，口碑也被更多人认同。2000 年 3 月，他正式被选为营业部经理。他的上位恰恰是在市场最低迷的时候，他后来提及自己的事业发展时常特别感谢市场低迷。他逐渐形成了一种不

吴晋江："每次看到这张照片，我就想起20年前刚刚当营业部经理的那段时间，充满了各种各样的挑战。照片上是正在庆祝我们团队业绩超过88万（单月）举行的特别早会，请当时深圳分公司总经理朱光和副总经理夏晓曙来参加。我定制了一个三层的蛋糕，我们每一个同事都露出了特别开心的笑容。那时候我们每个营业部之间还没有隔断，常常是这里开早会敲锣打鼓，那边就开始有投诉。就在这样一个很简陋的环境中，我们坚持下来，并且不断地往前走。当年度我们获得了588万的标保，荣获深圳分公司单个营业部的业绩冠军。"

轻易悲观的意识，正如他常对求助者说的那样：“当我们遭遇困境的时候，应该想想这是不是一个我们突破自己的机会。”

2000 年 4 月，公司推出了“投连险”，代理人的天空似乎雨过天晴，市场环境有了很大转机。吴晋江升任经理之后第一个月净收入达到 2 万多元。这在当时绝不是个小数。

吴晋江反思，自己可以在 8 个候选人当中胜出，原因绝非简单。“大家觉得我比较可靠，值得信赖。同时，我有一定能力，专业性、辅导和讲课能力都有较高水平。”吴晋江表示自己做人得到绝大多数人认可，做事讲规矩。在他看来，做人与做事是不能分开的。“我在做事中学会做人，在做人中学会做事。”

厚积薄发，大器晚成，这是吴晋江在事业上对自己的评价。

1991 到 1995 年，吴晋江的深圳生活基本上是在颠沛流离中度过，为了寻找梦想，他在各种局促和艰涩里不断地调整着生命坐标。1995 年到 2000 年，他进入平安保险，于厚积薄发中为后来的事业打下坚实的基础。而 2000 年在他当上营业部经理后，他的事业迎来了第三个转折。

吴晋江在营业部的身份变了，就像一粒巨石投进一潭死水，引起了连绵不绝的波浪。原先一些与吴晋江和谐相处的人内心出现了落差，这既是可以想象的人性使然，也是令人无法言说的深层无奈。整个营业部呈现出微妙的不协调和矛盾，很明显，吴晋江新晋为经理，使得原先种种按部就班的平衡被打破了。“我明显感到自己开展工作非常困难，遇见了很多不配合我工作的人和事，营业部内也是矛盾丛生。”有同事过生日，吴晋江为了表达心意，买个蛋糕庆祝，都会引发其他部门一些经理的非议和不友善的言辞。那些不服吴晋江的人并不能从能力和为人上否定他的晋升，更多的不满是来自于他们自己内心的落差。为了平复这样的落差，吴晋江运用了最低级的方式，常常请同事吃饭，以花钱来收服人心。这一毫无高尚可言的方式却甚为有效，因为即使是为了达到目的，吴晋江依然付出了自己的真诚。

在工作中的行为举止上吴晋江也格外注意低调、内敛。在很长一段时，吴晋江为了不引起人们的关注，特意放低身段，不突出自己。他没有搬进经理本应该拥有的里间独立办公室，而是依旧和大家一起在外间办公。

直到今天，仍然有人包括吴晋江自己团队内部的个别人认为当初他晋升营业部经理是托了人情、找了关系。对此，吴晋江从未给予正式回应。

对于这样的声音，他表示理解，也不会过多理睬。他这样还原当时的情况。“在选举之前，我的确去问过我们的区经理我有没有可能晋升为经理，当时区经理的回复是‘如果要从你们候选人中选举，这个岗位非你莫属’。很多人的揣测来自我和当时分公司的副总经理是老乡，但我根本没因为这个职位去找过他。我觉得自己能当上这个营业部经理是天时、地利、人和。”吴晋江进一步解释，“‘天时’是一次市场危机之中闪现的给予自己发展的良机，‘地利’是因为他是营业部中资格最老、资历最深的员工。‘人和’是因为自己与公司关系非常和谐。”

在吴晋江正式走马上任几个月之后的2000年7月1日，有一个营业部经理看中并认可他作为领军者的诸多德行与能力，自愿将自己的团队与他的部门合并。这令吴晋江欣慰不已。

2000年到2001年尽管是吴晋江事业新征程中比较困难的阶段，但在2000年他依旧率领部门以588万标准保费夺得了分公司营业部冠军。“一开始的困难是自然的，很多关系还没有完全理顺。但到了一定阶段后，比拼的还是能力和为人。作为团队带领者更需要的是包容心，更需要注重培育新人。”面对过往的自己，吴晋江这样审视。

2000 年到 2005 年，在团队的经营与管理中，吴晋江的演讲能力得到很大的锻炼和提高。他讲课的能力与天赋在保险营销的舞台上得到了精彩的释放。早在学生时代，他就是第四届浙江省大学生国际知识辩论竞赛团体二等奖成员，还多次在大学里获得个人演讲、辩论的桂冠。进入保险培训演讲的领域，吴晋江在热爱与喜好之间更感觉如鱼得水，炫目的讲台成为他思想激情放飞的舞台。在成为兼职讲师不久，他撰写的一篇文章《再干五十年》就获得公司三等奖。

扎实的写作功底对于吴晋江在演讲主旨的把握与选择、深意的开掘与升华等方面都有着很大的帮助，这使得吴晋江的演讲除了神采飞扬之外还能启人遐思。从兼职讲师成长到整个平安保险名声在外的五星级讲师，吴晋江在讲台之上尽情抒发着自己对生活的热忱、对事业的热爱。今朝，吴晋江除去业绩的出类拔萃，令人瞩目的还有他在讲台上的卓尔不群。他自己概括这得益于三点：一是曾经当教师的经历；二是视野开阔，见识过很多地方，经过多重生活经历的淘洗；三是阅读丰富，开卷有益，看过的书是自己成长的丰沛营养。

杨昊晖是最早与吴晋江在职场并肩奋斗的“战友”之一，也是吴晋江直接培养的第一个部门经理。他是吴晋江早期职场状态的重要见证人之一。最令杨昊晖感慨的是，在营销大环境普遍不好的情况下，会陆续有团队和成员自愿并入吴晋江团队。“吴晋江身上很早就显现出的魅力很吸引追随者。比如，他学习能力非常强，待人真诚热情，对新鲜事物能很快把握，有很大的包容度和坚韧性，绝不轻言放弃。”杨昊晖记得，在吴晋江刚被选为部门经理时面临巨大非议，一些人不服气，不配合他工作。“但吴晋江做得很好，他不与人争，尽量退让，甚至一个月没有搬进自己应该有的独立办公室。扎实努力，勤奋工作，两到三年就把部门业绩做到了整个分公司前三名。”令杨昊晖感到值得敬佩的是吴晋江总在寻求突破，“他总是精益求精，不甘于不变，总在寻求变化中创造更有价值的生活。”

团队元老级人物张波对吴晋江在保险职场的早期表现谙然于心。“吴晋江为人睿智，爱恨分明。他讲究规则但更喜欢创新。同时他有着很强的自我批判能力。”张波很佩服吴晋江的口才。吴晋江当年进入平安保险，在辩题为“保险是朝阳产业还是夕阳产业”辩论赛上以一辩获得“金嘴奖”，至今令张波难忘。张波将吴晋江事业追求上的特点概括为三点：永不止步；不断提升自己的人脉圈，有梦想就不断放大；不断创新，固定模式很少。20 余年里，张波始终见证着吴晋江无时不变的工作思路和无所不在的工作激情。

容丽芳是因为家庭原因转入吴晋江营业部的，从一开始与吴晋江共事，她就鲜明感受到了他的思想在伙伴中的绝对领先。“他的见识和格局是超前的，甚至超越了很多主管和总监。也正因为他有这样的眼界与格局，所以他对市场的分析预判更准确。”勤奋与持久的锐进感是容丽芳对吴晋江最直接的评点。她与吴晋江从二十几年前的艰难共度到现今的相惜相知，在她的所见所感中他一直是那个不舍昼夜，孜孜以求，朝气满溢，创业感十足并永无倦怠的“年轻小伙”。

平安保险集团常务副总经理赵福俊曾经在 2000 年 7 月到 2003 年 1 月任深圳分公司总经理，也是吴晋江的直接领导。他说自己并没有简单将与吴晋江的关系看作上下级，他感觉更像老朋友。能让赵福俊愿意将下属看作朋友的，最直接原因是吴晋江身上的诸多品质令他赞同和尊重。赵福俊在一次职场交流中发现，吴晋江一个月没有搬进自己的独立办公室，他当众让吴晋江必须搬进去，这算在营业部给了吴晋江最大的支持。

“吴晋江对人生有深刻理解，工作不唯利是图，追求绩效的时候始终不忘社会责任。他拥有高人才的概念，并且一直注重提高个人和团队对高人才的吸引力。”这非常令赵福俊认同。有一次，赵福俊陪同台湾地区国泰人寿高层访问平安，行程中就有到吴晋江营业部早会参观的事项。当时吴晋江团队营业部有着良好的风貌与仪表，优雅精致的职业装凸显亲切、热情与自信，这给国泰人寿高层留下了“文雅”的美好印象。赵福俊觉得对团队外在精神风貌的注重与建设，是一个团队生命力持久与旺盛的重要指标。

在赵福俊看来，从底层闯荡过来而立足平安保险的吴晋江成长过程很不容易，令他感到最难能可贵的是纵然外部环境不好，吴晋江也自成一股清流，不与任何人对立。赵福俊相信，一个团队的引领者如此，他的团队就会有凝聚力，有影响力。

作为在工作中与吴晋江有着诸多交集的老领导，赵福俊真切感受到吴晋江注重人情，对客户需求从来都是从“人”的角度去理解，而不是从产品以及个人收入去比较，对员工也极为用心，同时注重自我学习与发展，努力寻求自我突破。另外，吴晋江与公司关系也把握得很好。这些都令赵福俊在任分公司总经理时就看好吴晋江。

吴晋江："正在讲话的就是当时深圳分公司总经理赵福俊。赵总最厉害的地方是他的激励能力超强，他很擅长讲故事。他的声音不是很大，却总能让我们每一个同事都感受到他的信心和力量。他是我最敬佩的保险界职业经理人之一。"

“如果把寿险营销看作一个漫漫征程，那么吴晋江就是一个优异的长跑选手。未来的寿险营销竞赛中他会是一个引领者。”赵福俊给予吴晋江一个中肯又荣光的未来预判，这也是这位当代中国保险业名家对吴晋江的热切期许与祝福。

附录：做好自己最重要

问：初到深圳给您带来的内心冲击是怎样的？

答：1991 年 3 月到 1995 年 3 月的这 4 年时光，应该算我到深圳的第一个阶段。我至少换过 5 个以上的工作。我的生存状况可谓动荡不安，漂泊不定。印象最深的还是在广州小旅馆那一夜里的记忆，可以说是难以平息的撕扯、失落、彷徨、沮丧情绪交错在内心翻腾。还有在佛山鞋厂那一晚，虽然时间很短，但给我内心的冲击是巨大的，面对未知生活的困顿、陌生环境的孤苦以及对现实的万般失望都使我至今难忘。

后来，我除了在鞋厂做“小工头”，在报社送报纸，还短期卖过饮水机，做过文物商店的销售。一方面我内心在现实与梦想巨大的落差中反复被冲击，我的情绪常常在现实与梦想中被割裂。这种感觉很不好受，但冲击归冲击，我最终没有被冲垮。我一直没有放弃梦想和希望，我一直怀着对未来生活的期许而从没有放弃过努力。

问：那段时间，您和家里如何交流？

答：我都会说我很好。因为我不想连累家人为我担忧，同时我也有我的自尊，包括虚荣感。路是我自己选的，我没有后悔过。

问：现在您如何来评判那段时光？

答：那段时光为我迎接接下来的各种挑战打下了很好的基础，我非常感谢那 4 年。我常常想，如果我一开始来到深圳就过上了舒适的生活，对于未来我恐怕不是今天这样一个进取的态度。我可能会被青春绑定，没有为自己人生涂抹出多彩的颜色。打工仔的生活体验使我对人、对生命有了更丰富的感受和思考，包括我对原始资本的积累也有了感同身受的理解。我见证了深圳作为珠江三角洲乃至世界工厂的开端与发展。我亲历并体验了深圳这个城市的发展与转变过程。我看到了这个世界上巨大的财富与资源的差距。我看到深圳光怪陆离闪电般的变化。如果没有这 4 年的经历，我不会对人生的理解像现在这样透彻，承受压力的能力不会像现在这样强。我当初一头扎进深圳这个中国大陆最为开放城市的最底层，打掉了身上的傲气，被逼迫更为踏实和努力。拥有这 4 年的生活，我觉得很幸运。

问：鞋厂干部、报纸投递员这样的职业经历对您今天的事业有怎样的影响？

答：第一，使我懂得了工作需要脚踏实地，面子不重要，人格才是重要的。所谓的“有钱人”不是靠面子来累积财富，而是靠自己扎实的努力。

第二，促使我要更勤奋努力，我几乎所有的日子都是早起的。

第三，使我懂得了人与人之间差距巨大，要想成功必须努力认识比自己更优秀、更成功的人。

第四，如果想赚钱，就必须去做推销。

这些来自生活的领悟，到现在都在深深影响着我。

问：对于今天走在梦想路上的年轻人，您有什么经验愿意与他们分享？

答：做好你自己最重要。很多时候，我们当下做好的事其实正在无意之中为下一件事情做铺垫。

问：对您而言，初入保险业的时候依旧很艰难，为什么您没有像以前一样转换职业，而选择坚持？

答：经过前 4 年的底层挣扎，我已经确定下来自己要做一名优秀的推销员。当我进入平安保险时，我感受到了未来的曙光与希望。这里有培训，各方面非常规范，我看到了我事业前进的方向，同时也在这里寻找到了内心深处的很多东西。

以前转换行业是因为觉得没有前途。而在保险业中，我拥有了团队，也满足了自己成为团队队长的心理目标。同时，在平安保险完全展现了我的潜能。我有一定的领导能力，这里的平台不仅培养了我的销售能力，更可以施展我作为教师讲课的天赋。

在平安保险的园地，我一点一点感受到了自我价值，也更理解了平安的价值追寻与我的内心梦想是契合的。我在这里成长、突破，实现自我价值，人生在这里有了确切的方向。同时，我的生活在这里也得到安顿。我在平安保险的这些年里安顿了自己的生活，我在其中结婚、落户口、买房子、生孩子。

问：在您的生命沉浮中好几个关键节点上，您都遇到了好运气，受到了命运的眷顾，是这样吗？

答：人的一生一定是存在运气的。我相信运气。一个人倘若有大的成就不可能没有运气的眷顾。然而，如何创造运气却因人而异。运气不是等到的，而是创造的。就像当年如果我的前任经理再坚持两个月，形势环境发生大的好转，他就未必会离职了，我也未必有接任的机会。但是，我相信运气的背后是如何做人、做事，取决于我们努力到什么程度。真正有大成就的人一定有天赋和运气，但必定也有基本的付出。就像我当初如果没有努力，即使机会来了，我也不会有接任经理的运气。

问：在您进入保险业初期，您做的最重要最正确的事是什么？

答：我把自己进入保险业的初期划定为1995年到2000年。我认为自己做的最重要、最正确的事是坚持。面对一个有前途的事业，我们的付出都是值得的，面临困难，我们需要坚持。这个阶段最为重要的是做人，但我一直认为做人需要在做事中体现。

问：在保险业中不断增强的事业决心和人生信念是如何建立起来的？

答：我对保险的事业决心是建立在经历多次理赔基础上的，来自客户的肯定与赞许使我觉得自己是有价值的人。保险行业的机制很吸引我，它最大程度发挥了我的潜在能力，使我实现了曾经做梦也没有想到的讲师梦、团队梦，使我赢得高业绩销售，使我可以投入慈善。

我事业的决心和人生的信念离不开平安保险公司的平台空间，离不开公司的文化特点与气质，这些都和我内心求新求变的喜好相吻合。同时，在事业中我不断认识成功人士，不断挑战自己，在销售中，在与人的交往中一步步深入理解人性。

问：您认为对一个人成长影响最大的因素有哪些？今天如何看待一个人年轻时的经历？

答：我认为对年轻人影响最大的有几点：一、原生家庭；二、教育；三、年轻时的成长环境。

我相信人生是个守恒定律，年轻时吃苦是好事，年轻时千万不要太顺，人的内心需要在年轻时锤炼。

年轻时的经历异常关键。最重要的因素我认为包括事业伙伴、生活伴侣、深交的朋友以及接受的教育。

第七章

低谷蹉跎　摇摆生活

苦闷、无依无靠、孤单接连而至，生存的压力在青春荷尔蒙的剧烈催化下生发成蓬勃旺盛的性需求。人内心最隐秘幽深的密码往往就是性活动的显影。性活动的深处透露着一个人心灵最隐匿的内容，同样也是心灵释放最直接的通道。

在偶然而又隐含某种时代背景下的因由中，阿香作为一个发廊妹短暂地走入了吴晋江的生活。“我和阿香最开始就是去她发廊里洗头认识的，那时候也渴望有一个女人进入自己孤单的生活里陪伴自己，因为生活太孤独。”吴晋江坦言与阿香交往更像是对心灵的生理抚慰，难言女朋友的定位。阿香作为伴侣，与吴晋江同居的一个月时间里给了他身处异乡的孤独心灵以慰藉。因为当时高昂的消费完全超出吴晋江的承受能力，使得一个月后他与阿香分手，但他至今仍感念阿香在最孤寂时光里给予自己的陪伴。

正因为这极其特殊另类的一个月时间，使吴晋江对于底层人有了更深透的理解和洞悉，他觉得不能轻易以道德的观念去评定阿香。“我和阿香的交流中，对她和她的姐妹们有了深入的了解，她们基本上都是生活所迫坠入风尘，但她们都善良、单纯、孝顺，心灵都不坏。我通过阿香了解了更多像她这样的人的思想与生活，对生活的感受更加真切。她们是时代和家庭

吴晋江：“这是我最难忘的照片之一，照片上的这个女孩就是我当时的女朋友、现在的太太。她身上穿的这件连衣裙，是我花50块钱陪她在东门买下来的，她非常单纯，不过从这张照片上能够看到，她是一个非常善良、有自己主见的人。22年过去，照片上这位女孩成了我的终身伴侣，并且生了两个儿子。今天来看这张照片，似乎有一种时光穿越的感觉。”

的悲剧。她们也有梦想、有心灵、有情感，为了赢得自己窄小的生存空间不得不使用最原始的交换。后来我听阿香说一位大学生将迎娶她，我发自内心为她高兴。”

时光飞驰，吴晋江早已今非昔比，但他依旧尊重阿香，不单单因为她在最寂寞孤独的日子里的陪伴，更感谢阿香使他对人生、对人性有了更多更深的认识。

吴晋江初来时的深圳，聚集着众多天南海北寻梦而来的青年，他们除却梦想大多无以依附，在焦灼凌厉的现实里，男女之情似乎是他们最直接摆脱惶惑、悲凉、苦楚的麻醉剂。

彼时吴晋江那张仓皇的脸只是这难以数计中不起眼的一张。

与阿香分手后，吴晋江又交过一个正式的女朋友，这个女朋友来自江苏盐城，在一个酒楼里做销售。吴晋江与她相处一年多，并且还相互去过对方老家拜见了父母与家人。据吴晋江说他们已经谈论过婚嫁，然而最后还是劳燕分飞，原因是女方对自己家拿出的彩礼不满意。“其实，彩礼一事或许只是说辞，我对这场婚事也没有极力促成，因为我母亲不太满意女方，毕竟她的学历和层次都太低。关键是那时候我根本没有结婚的基础。”

1998 年，吴晋江与现在的太太陈霞女士相识。

“我刚认识太太的时候她是一个普通的文员。我还记得送给她的第一个礼物是一件 50 元的廉价连衣裙。我们认识不久，我就带她去深圳大学看了场话剧。”提起与太太初识的过往，吴晋江脸上洋溢着浅淡却真切的笑容。

吴晋江与来自湖北的陈霞相处一段时间后，陈霞在老家的姨妈专程前来看望这对恋人。“其实我知道，那不是什么看望，那是太太家派亲人来考察我。”吴晋江笑言。相比之前吴晋江错杂的感情历程，这次与陈霞从相恋到喜结连理似乎格外顺畅。他们的婚礼很简单，只是在浙江余杭吴晋江的家乡办了两桌酒而已。

吴晋江是个非常擅于自我剖析、自我梳理的人，对于曾经恋爱却难以结婚，他有着自己的解读。“去深圳之前，无论是大学四年，还是我在中学教书的三年，我都没有过恋爱经历，不仅是没有想过，而是有意拒绝。”没有感情期许是吴晋江认为最重要的原因。同时，他认为缺乏结婚基础也是关键。“当时事业不稳定，生活缺乏物质积累，又不愿意家里承担，结婚并没有物质条件作为保障。而且，那个时候的恋爱似乎并不是纯粹出自内心对对方的爱，更多的是对寂寞与压力排解的短暂情感寄托。”吴晋江坦言，自己的这种状况是那个年代诸多年轻人的普遍现象。

而与陈霞能够最终走到婚姻之中，吴晋江也有自己的分析。“当时，我漂泊生涯已长，也备感疲惫，主观上想结婚了。我也非常感谢我太太，她认识我的时候我正处于人生的低谷，她没有嫌弃我，也没有放弃我，愿意和我在一起。而且她家里没有向我索要任何彩礼，这使得我们在一起变得很轻松。”陈霞谈及与吴晋江相识的记忆中有一个深刻的情景：“在他当时居住的简陋的农民出租屋里，我看见了一张合影，这张合影是他与父母家人的全家福。在那个年代，年轻人漂泊在外极少有这样总把与家人的合影携带在身边并挂在墙上的。这让我觉得吴晋江是个有责任心、有孝心的人。”至今，陈霞还对杨梅酒的味道充满着绵绵的回忆。“吴晋江喜欢用杨梅泡酒，闲时还会带着我小酌一下。这在当时底层艰辛谋生的年轻人那里是很少有的，这说明他是一个很有生活情趣的人。”两个异乡男女青年的心就这样在润物无声中悄悄滋生着爱情。

婚后，吴晋江和陈霞的心灵有了相互的寄托，然而现实的不易依旧没有放过对他们的考验，在酷热的深圳他们像大多数为未来奔波的年轻夫妇一样，必须应对物质生活的困窘。短时间里他们搬了四五次家。1999 年，他们在福田区锦林新居的农贸批发市场内租了个门店。他们把出口的低档藤编工艺品从仓库批发过来零售。为了更多补贴家用，晚上下班回来，他们还在农批市场的路边摆摊卖小礼品，那些小礼品的售价从几毛钱到几元钱都有。“当时我就看着旁边卖得很贵的商品房，无比羡慕，心想我什么时候可以买下这样的房子住进去？”吴晋江当时心里强烈的思想冲击至今都还令他激动。现实与梦想的巨大落差令他很难平静，但并没有扑灭他内心深处对于未来梦想的希望之火。

吴晋江认为 1999 年是自己人生最低谷的时期。母亲也赶到深圳帮衬着小两口。母亲常常去菜市场挑那些很便宜或者别人不要的菜叶，回来晒干后做成腌菜。生活虽苦，但两人相亲相爱，以致回忆都是甜的。也正是在那段困顿的日子里，吴晋江深切感受到了太太陈霞对他的不离不弃，她甘于与他一起度过艰难时日。这是吴晋江至今都没齿不忘的。

2000 年 1 月 1 日，吴晋江与太太分三次付了首付，为他们的家买下了第一套房（万科四季花城罗兰苑），总计房款 30 多万元，首付了 30%。下半年，他们一家人正式搬入新家。进入新家后，吴晋江咬牙为自己买了一台电脑。他很清楚，电脑是他面对工作与生活的第一个必备品，也是他学习赚钱的工具。

然而，谁也没料到，吴晋江夫妇在入住他们精心经营的“雀巢”半年之后离婚了。

吴晋江认为走到劳燕分飞的这一步是因为他与太太性格不合。离婚后，吴晋江搬了出去，在公司附近租了一套房。2001年下半年，世事再次显现出它诡谲的不可捉摸，吴晋江与陈霞又重新复婚。2002年3月，他们的大儿子锟锟出生。产假期满，陈霞来到了平安人寿深圳分公司的收展部工作。

在收展部，性格好强的陈霞做了5年业务。起初，因为自己的勤勉与努力，业务做得很有声色。然而，随着孩子出生后家庭事务的增多，工作节奏又加快，加之吴晋江正在事业攀升的关键时期无暇顾及家庭，陈霞深感力不从心，时间上捉襟见肘，孩子与工作已经无法兼顾。不得已，她只得退出职场，成为一个全职太太。太太的这一转型，吴晋江还是很满意的。“我不太愿意她在工作上投入太多时间，那个时候家里必须要有人投入精力全心照料孩子，这在当时我们家里是个挺好的决定。”太太退守家庭，令吴晋江没有了后顾之忧。

对于太太20年来的付出，吴晋江心存感激。“太太在我人生最低谷时选择和我在一起。尽管她性格强势，但她非常顾家。对我的学习也很支持，人的心胸也非常开阔，她对我的事业发展有着很大的帮助！她为家付出很多，没有太太我走不到今天，更不可能有今天的成就！”

吴晋江深信情感对于事业的影响是非常重要的，甚至是带有决定性因素的。“配偶就是我们每个人的一面镜子。我们可以透过配偶看到我们自己是什么人。伴侣的优点可能就是我们的优点，伴侣的缺点可能就是我们的缺点。在配偶身上也能看到我们的过去。”由此，吴晋江对婚姻提出自己的观点：“婚姻不是夫妻间的一种彼此交换，而是一种接受、接纳与妥协。”他说自己非常赞赏知名保险培训师吴学文老师的观点：“生命的丰富不在于得到多少，而在于接受多少，人生要接受所有的不美满。而婚姻本身就是不完美的，它的不完美正是它的完美。”吴晋江认为婚姻最重要的是不能把自我需求放在第一位。“我们在成长中会觉得人不完美，婚姻不完美。在妥协中彼此活出真我，这才是婚姻的最高境界。”对于婚姻，吴晋江有着自己的理解和思考。在他看来，一个家庭里一定需要夫妻分工经营。“像我太太在家带孩子，做全职太太，这同样也是一份极为要紧的工作。一个家庭里平衡好各种关系需要学问、智慧。”

吴晋江确信一个家庭一定应该有它的使命和价值，夫妻间能否统一思想非常重要。近年来，他一直致力于寻找家谱、家训，将父母曾用过的物件历尽艰辛也要从外地运抵深圳，摆放在家中关键位置。“家庭是有灵魂的，家谱、家训、家规以及祖上流传的生活物件，这些都是需要世代珍藏的。”这些对于吴晋江而言便是传承家族文明、家族血脉的体现。

2000 年到 2001 年，吴晋江担任二部经理后部门绩效有了更高的增长，他领导的团队有了更大的发展空间。

吴晋江所在的笋岗仓库 808 栋在一次“龙腾计划”中引进了很多台湾经理人，但他们最终都因水土不服，悻悻而去。十七营业部的经理曾经也是台湾人，连续几任难以胜任，最终由吴晋江麾下营销大将容丽玲（容丽芳的妹妹）接任，实现了较好的发展，直至成为吴晋江的育成部。“这是因为投奔我的育成团队认可我们团队的容丽玲，更是信任我。”吴晋江说起育成团队，很有成就感。

正在吴晋江团队发展较为顺利时，世事的纷争却比电影还要戏剧化。因为租户与物业发生了持久激烈的矛盾，物业招来几十个黑衣人团团围住了包括吴晋江团队在内的住户与商家共存的 808 栋大楼。这一颇为狗血的困局持续了好几个月。

吴晋江描绘当时的情境。“我们团队职场在顶层，好长一段时间里，物业的人拿着灭火器守住入口向进入大楼的人喷，同时整个大楼内断电断水，空调、电梯全部无法运转，我们的工作受到极大影响。”无奈之下，吴晋江团队被迫转到 826 栋的多功能厅临时办公，之后还转移到餐厅、828 栋顶层临时办公。“我们努力使工作正常进行，虽然遭到多方面的严重干扰，但是我们搬迁职场也很习惯了。从工作效果上看并没有受根本性影响。”吴晋江觉得这一并不美好的插曲恰恰反映了团队面对困境时人心不散，敢于迎难而上，对外部环境变化勇于接纳和适应。同时，也因为自己团队足够优秀和有潜力，得到了公司层面的鼎力支持。

2000 年，吴晋江率领团队完成 580 万元标准保费，成为分公司单个营业部的冠军。2001 年，吴晋江引领团队完成 800 万标准保费；2002 年完成标准保费 1000 万元以上；2003 年完成标准保费 800 万元；2004 年再度完成 1000 万元标准保费。

2005 年，平安人寿开始设置“开门红”业绩冲刺模式。第一次“开门红”产品说明会在平安大学进行，连开 7 场，由吴晋江与另一位讲师主讲。这也是平安保险与中国保险业进入高速增长时期。吴晋江恰逢其时，作为讲师的讲授与演讲能力日益提升、完善。自 2005 年以后，公司大型的产品说明会以及创业说明会基本上都由吴晋江来担纲主讲人，并且屡获好评。在

吴晋江："记得当时是在深圳八卦三路平安总部大厦七楼举办大型创业说明会。领导让我来讲，那时我还只是一个主管。但毕竟我是中文系本科毕业，而且在教师生涯当中，我有过多次上课和演讲的经验，这给了我较好的底子。所以，当我在公司主讲创业说明会，也没有太紧张。这一次之后，公司的各种说明会就逐步让我来讲了，一直持续到现在。20 多年过去，我成长为深圳分公司乃至于中国平安集团和保险界最受欢迎的讲师之一，回过头去看，这一次是一个转折点。"

市场的需求下，对讲师能力的要求也同步在大幅提升，吴晋江渐渐成为平安集团乃至整个中国保险业内最受欢迎的卓越讲师。

对于成为业内受欢迎的卓越讲师，吴晋江有着自己的心得。“首先，我是杭州师范学院中文系毕业的。做过三年语文老师，这给我成为讲师提供了基本素养和能力。其次，我在中学到大学就一直是宣传委员，自己编黑板报和文学刊物，能力有了足够的锻炼。”同时，吴晋江特别感谢两位对自己影响很大的著名讲师。一位是尤金·威尔逊。“我从他身上知道了什么叫专业讲师？他讲课条理清晰，逻辑性强，又非常敬业。他曾经告诉我，要想成为卓越讲师，最重要的是要有好奇心，要始终对自己的讲授保持旺盛的热情。”另外一位是保险名牌讲师吴学文。吴学文的“真我中心学”令吴晋江受益颇深。“我认为吴学文老师是‘道’与‘术’结合讲授得最好的老师。”吴晋江说。

“用心说话最有力量。”吴学文的这句名言令吴晋江领悟到成为一名最好讲师的核心能量。

“生命丰富不在于得到多少，而在于接受多少。”“内在世界明确，外在世界顺畅。”这样的语录，吴晋江觉得是对人性的精准把握。在他看来，吴学文是华人讲师中讲课风格最接近“道”的一位大家。“人类只有一个问题，那就是智慧问题。”对吴学文的类似箴言，吴晋江深以为然，近乎奉为自己的座右铭。

吴晋江与吴学文的交往中还有一件很奇特的往事。一次，吴晋江在深圳楚天大酒店听吴学文的课程。上午课间休息时，他突然接到吴学文助理的电话，请他到吴学文下榻的房间。“当天中午，吴学文老师的腿病发作，无法登台完成接下来的课程讲授，希望我可以代替他登台。”这一突然而降的意外，令吴晋江一时心绪错杂，既忐忑不安，又激动紧张。那天，吴晋江代替吴学文讲了半个小时。这次际遇令吴晋江至今难以置信。

在一次吴学文给平安讲师讲授的课堂上，吴学文当众表示，真正传承了自己课程的只有吴晋江。“吴学文老师对我的欣赏和认可，使我在讲师的角色上有了极大的自信和热情！”

在吴学文的记忆里，吴晋江好学谦逊，又善于学以致用。对于那次意外事件，他说自己的第一念头想到的就是请吴晋江救场，“因为我相信他，不仅有他的为人，也有他的能力，他对我的课程理解得很透彻，比起其他人更有这个能力，是我的首选。”

“我对他很有印象，而且很看好他在讲师道路上的发展。他人很踏实，对人对事有自己鲜明的立场，做事非常务实。我每次见到他都感受到他明显的变化与成长。”吴学文认为营销总监这个岗位极其有益于吴晋江更好地讲好课程。“总监的岗位令他有见地、高度、深度、广度，有主见有立场，能坦诚面对公司、业务员，这是一个讲师必备的素养和格局。”同时，吴学文很赞赏吴晋江坦荡真诚的心性。“吴晋江总是很鲜明地提出自己的观点和思想，这也使得他拥有很多真朋友。只要认为对方不对，他一定会勇敢直言。”吴学文对吴晋江有更多的好感还来自他非常欣赏吴晋江内心的格局，“他不仅专注于团队培养，也特别关注业务员的个人成长。”这些都使得吴学文分外看好吴晋江的保险前程，无论是作为总监还是讲师。

作为平安保险顶级的讲师之一，吴晋江能够受到多人欢迎，他自己觉得有三个主要原因：“第一，自己讲课能够把理性与感性高度结合。我作为一个感性的人，能够用理性将思维观念提炼出来，这非常重要。第二，我喜欢思考，又多有实践。第三，我总在不断学习，接触更多更好的课程储备。我的每一堂课总是力求不一样。我的视野开阔，讲课的内容可以吸引更多学员。同时，我格外感谢平安保险给予我的这个讲台，使我得以继续圆自己的教师梦！”

2005 年，吴晋江成为第一批“顾问式行销”授权老师，有资格在公司给部经理讲课，可以凭授权全方位讲授专业课程。吴晋江认为自从 1996 年兼职成为讲师之后，自己的授课能力就一直在逐渐提升。“1996 年对于寿险行销而言，一场静悄悄的革命已经开始了。我对人寿保险的领悟超越了一般人。”丰富的一线市场实践经验，使得吴晋江在 1997 年就已经经过培训成为公司正式讲师。“我成为讲师之后，非常乐意去讲课。我始终没有忘记是公司培养了我，所以在讲台上我特别具有奉献精神。我很认真备课、讲课，后来发现其实最大的受益者是我自己。我从自己的领悟中获得更多。”长时间以来，吴晋江的工作状态是一边实践，一边学习，一边讲课。用他自己的话说：“做你所学，教你所做。”

吴晋江为了修炼身心，从“道”的能力上提升自己的讲课能力，他利用一切可能的机会接触心目中一流的导师。比如：在自己大儿子办满月酒的时候特地请到尤金·威尔逊。威尔逊当时是平安集团新聘请的训练总监，在美国已有 40 多年的寿险销售和训练经验，70 多岁来到平安。吴晋江认为，在私人场合，自己更容易讨教到讲课要诀。“和优秀顶级的讲师成为朋友，会对自己的专业领域有巨大帮助！”这是吴晋江一直坚信的。同时，他也认定，成为卓越讲师的基础是先成为一个阅历丰富、品性正直的人，而且要善于思考，要有“空杯”心态与谦逊求教的精神。

吴晋江："我的人生当中有很多人对我产生重大的影响，他们都是我的贵人。在讲师领域，对我影响最大的是当时中国平安的训练总监尤金·威尔逊，他来自美国。我请他到我们部门来做夕会，在我办公室拍下这张照片。尤金·威尔逊身材魁梧，满头白发，风度翩翩，非常有气质。他的课简洁，逻辑清楚，我非常喜欢。他是一名真正专业的、具有非常高素养的职业讲师，我从他身上学到很多东西。"

吴晋江："这张照片是我们在学 LIMRA-CIAM 课程时和尤金·威尔逊及同学们的合影。我记得拍这张照片是在八卦三路平安保险总部的七楼。这个课程对我的影响非常大，让我真正体会到营业部经营是一个非常专业的领域。听说尤金·威尔逊在平安保险退休之后，和深圳分公司一位外勤结婚，并在 80 岁时生下了一个儿子，这足以证明他对生活是多么充满激情。当然，这也鼓舞了我，后来我在 50 岁生下了二宝。"

第八章

深圳身份　重逢马云

城市如人。经 40 年的变迁，深圳犹如从一位勃发着生机、激涌着活力的少年长成一位身强力壮、为梦想而不懈跋涉的青年。一批又一批“造梦者”见证并亲历着这座城市流转的人间风貌。吴晋江就是其中之一。

最早来到深圳的创业者应该算 20 世纪 80 年代初来的基建兵，大约 2 万名基建兵从此便留在了深圳，后来进入各行各业。吴晋江早期的客户里就有当初的基建兵。

吴晋江属于 20 世纪 90 年代初第二批自愿来深圳创业的青年梦想者。这批人大部分拥有较高学历，以梦为马，从五湖四海来到这个逐梦者的园地，放飞自己。

同时，不得不提的是，有更多的底层打工者汇聚深圳，他们像沙砾一般沉积在密集的“三来一补”企业，等待生活的淘洗，以求在某种不可捉摸的天意中获得命运的垂青，开启自己企望中的全新生活。尽管这相当不易，然而却挡不住时代奔腾里的滚滚人潮。

1992 年，邓小平南方谈话之后，深圳这座被好奇、惊异、窥测的目光所凝聚的城市，又被笼上了更多谲异的烟雾与奇异的光圈，南下创业风潮曾经盛极一时。

吴晋江是较早来深圳的大学生创业者之一，他在鞋厂做过打工者，他的经历有着大学生创业和底层企业工人的交集，这给了他不同的视角看世界，更丰富了他对生活、对生命的体验，使他的思想得到升华。

在当时的环境下，深圳是个极为特殊的城市，笼罩着各种光环。其中某些标志性地域还让众多人趋之若鹜，比如中英街。

当时很多内地人到深圳，必去之地一定会有中英街。彼时，香港还没有回归，而深圳也还需要办理入关的边防证。而关内的中英街浓缩了很多香港舶来的建筑或物品，参观、旅游或者扫货都是当时必需的选择。提及中英街，吴晋江印象极深。“我所在的《深圳商报》是有办边防证指标的，我记得每次我去办证时，都感觉来公安局办证的人人山人海。那个时候入关证太紧俏了。”吴晋江常作为陪同人员，接待来访者参观中英街。他回忆说：“我每次都看到门口排着长队。”深圳当时的奇特可见一斑。

1997 年，在香港正式回归祖国之后，中英街逐渐平静下来，而近年来，却又呈现出人气回暖的迹象。

2009 年，吴晋江在中英街附近沙头角买了一套房，那里到中英街步行街只需要 5 分钟。“我那时常常会开车经过中英街外的铁丝网，对于中英街这一特殊时代背景下的产物，我想它的出现一定有它的道理。世界太大，大到不可思议。我们不能用个体的思维去理解世界，所以人更需要开阔的眼界。”

吴晋江觉得中英街作为地标般出现有更深层的多重原因。“中国太大，其实有更多的人没有出过国，城乡之间差别巨大。

中国又封闭太久，与世界隔离割裂太久，中英街作为中国望向世界的一个窗口，必然备受瞩目。”在时代之下，人只是一幅微渺的剪影。

20 世纪 90 年代初，吴晋江孤注一掷闯荡深圳时，深圳还有关内关外之分，入关还需边防证。而领取边防证需要公安局等单位开具介绍信。吴晋江当年近乎与父亲决裂般的辞职南下，并没有赢得任教学校的官方同意，恼怒的父亲动用个人关系让县公安局不给他开具介绍信。执拗、意气用事与梦想一肩挑的吴晋江破釜沉舟地南下。没有边防证，意味着他无法抵达深圳这个城市的关键地带，无法进入这个城市的内心。“我要特别感谢我的同学楼涛。在我到鞋厂工作 4 个月之后，她让她男朋友帮忙为我开具了边防证，我终于可以进入关内了，我终于见识到了深圳的繁华。”那是 1991 年的 6 月。边防证一年有两次进入关内的机会，吴晋江格外珍惜。他还记得第一次在休息日进入关内参观了“世界之窗”，感到无比激动，那个日子成了他今生的纪念日。一些时日之后，公司给他办了暂住证，他离深圳人显然又近了一些。

那时，吴晋江作为报社读者服务部工作人员，负责每月与订户单位结算报款，因为供求关系使然，有专车接送入关出关，待遇甚好，并且还能够带一两个人入关，有办理边防证的条件，不断有人相求于他。这给了他极大的心理满足。那时候的车窗外，他满眼望见的是大学生和民工。

2000 年，吴晋江当上部门经理，他买了平生第一辆车——本田奥德赛，当时在车后座常常可以多挤下两人，他时常带着朋友入关，收获着他最初的关于一个深圳人的成功感。

边防证从有到无是一段时代的印记，吴晋江个人在深圳各种身份的演变和转换，亦打下了时代的烙印。

吴晋江初入工厂时没有身份，然后在朋友的帮助下先有了边防证，有了见识深圳的资格。若干年后他又拥有了暂住证，尽管需要每年更换，但那是深圳这座城市接纳吴晋江的开始。2000 年，吴晋江入职的平安保险给了他一个户口指标，使他得以正式落户深圳，但因为个人原因吴晋江无法即刻实现。太太陈霞在公司招工时考了进来，吴晋江将户口指标让给了她，陈霞先于吴晋江成为正式的深圳人。数年后，吴晋江以随迁家属身份顺利获得深圳户口，这一刻从形式上，深圳真正认可了他。

“从我迁出杭州户口的那一刻就没有给自己退路，我既然离开杭州就想到了不会再回来，就已经做好了漂泊的准备。”在取得深圳户口之前，吴晋江的确经历着漫长的漂泊时光，在他 2000 年 1 月 1 日买房前，他至少搬家 15 次。真正成为深圳人，是拿到户口的那一刻。

时光荏苒，弹指一挥。当吴晋江真正被深圳接纳的时候，他似乎并没有多少激动，更多的是感恩。

吴晋江在深圳的人生轨迹，也刻画着历史的印记。对于那些怀着热忱梦想四处而来的创业青年，他们早期的生活状态大多漂泊不定，对他们而言，一个深圳身份的认同有着极大的安慰。然而，也正是他们的参与与付出才使得深圳这座城市创造了奇迹。吴晋江曾经被问到最多的问题就是“你是哪儿人？”“说实话，很长时间以来，我都不知道我是哪儿人。我的祖籍、成长、打拼都在不同的城市，我也不确定我是哪儿人。在深圳的前期，我都没把深圳当家。2000 年之后，我才认可我的家就在深圳。”

2002 年 3 月，吴晋江的长子在深圳铁路医院诞生，儿子领到了深圳的身份证，他才意识到自己的家已经在深圳扎根。“大儿子在深圳的出生，才使我从内心认可自己家在深圳，对深圳这座城市有了真正的认同。”在给孩子办理身份证的时候，吴晋江感到自己可以算作真正的深圳人了，自己的深圳梦实现了一部分。

离经叛道般离开杭州，奔赴深圳近乎孤注一掷。很多人问过吴晋江还回不回杭州。“户口迁出，我就不可能回来，我来到深圳，只有成为这里的人，才能实现我在这里的梦。”吴晋江迈出第一步，便不再给自己任何退路。

吴晋江认为令自己身心稳定下来的基础，依然是成熟的事业。“一个人只有在事业平台上做好了，他才会有安心感，踏实感，内心才会真正稳定，这一点我非常感谢平安保险这个事业平台。它让我得以渐渐实现我的深圳梦。”吴晋江在平安保险事业上的不断努力，使他确信，对于身处的城市而言，一个可以让自己有发展的事业平台比拿到在这里的身份证更重要。他说：“有一个可以让事业发展的平台才使得自己的梦想充满可能性。”

关于“深圳梦”，吴晋江有一个自己的解读：“首先，要有梦想。1990 年到 2000 年初，全中国青年最向往的城市一定有深圳。第二，梦想并不单纯是买车买房，而是寻找理想，实现人生价值，挑战自己的能力极限。”吴晋江解析自己所说的“人生价值”，首先应该是建设好自己的小家，然后回馈社会，进而实现更多可能履行的社会责任。

就眼下而言，吴晋江认为自己的“深圳梦”实现了相当一部分。“我换了四五次房，直至现在的别墅。靠我个人的能力使得自己的家庭在物质生活上受益，不断提升品质。同时，我努力帮助团队伙伴走向专业理财规划师的职业道路，尽可能履行公司责任与社会责任。”然而，吴晋江表示他的内心并不局限于“深圳梦”。“‘深圳梦’还是太小，我要从‘深圳梦’走向‘中国梦’。”

吴晋江理解的“中国梦”是有前提的。“‘中国梦’实现的前提就是多数国人实现自己的梦想。我在追求‘深圳梦’的过程实际上就是在为国家实现‘中国梦’做出贡献。”可以用能力、资源为社会、为国家履行更大的责任，为实现“中国梦”而努力，吴晋江怀有炽热的使命感。他有意让自己的次子在美国出生，让自己的家庭更为国际化，希望自己的孩子成为世界公民。在他看来，“中国梦”的最终目的是中国不断强大，与世界保持更为和谐的关系。

无论是“深圳梦”还是“中国梦”或是“世界公民梦”，实现的基础都是平安保险事业上的突飞猛进。和他一起并肩于市场开拓的战友均是直接的见证者。

吴晋江所在职场的区经理王玮非常清楚他 15 年来不断以创新思维推动业务精进，加强团队建设。“吴晋江学习力超级强，很愿意沉淀思考，同时对新鲜事物很敏锐，擅于跨界发展，涉足互联网、投身慈善都是他不满足于单一发展、不止步于当前业绩的表现。他的团队培养了很多新生力量。”王玮多年来一一感受着吴晋江的变化。

吴晋江培养的第一个部经理杨昊晖也深深感受到他的好学与求知精神。“他对于机会的把握能力令人佩服。”在团队最困难之时，吴晋江与杨昊晖一同面对，有着更多心心相印的珍惜与信任。“在最困难的时候，在众人都在嘲笑他的时候，他不为所动，始终努力争气。”杨昊晖认为这是因为吴晋江内心有梦想。

育成部经理容丽芳也同样认为吴晋江在思想意识上领先于市场，“他的超前预判，大多都很正确，在见识方面因为愿意花大代价去学习，所以要比其他总监更开阔，更具有前沿思想。”最触动容丽芳的是，在经济形势最不好的 2008 年亚洲金融风暴中，吴晋江表现出的努力与自信、坚定与乐观。“在最困难的时候，他不言放弃，而是积极探索新的机会新的方向。”吴晋江常跟大家讲“保险怪兽”理论：“业绩与经济环境无关，与业务员状态有关。经济环境好的时候会有人买保险，经济环境不好时更会有人买保险。”这样的逆商思维让容丽芳深深折服。

叶福陵于 2009 年成为平安人寿深圳分公司的内勤。可以说他“由内转外”完全因为吴晋江的个人魅力。“我听过吴晋江的产品说明会，极为与众不同，有高度，有层次，演讲非常精彩，直接影响到我想追随他做保险营销。”令叶福陵有如此转变的缘由来自他与吴晋江的深入交谈：“首先，他很有亲和力，作为总监没有任何架子，向我讲述的内容非常具有职业规范。他对保险的理解很有见地，和一般总监不一样，他深深地为自己职业保险营销人的身份而自豪，有职业荣誉感。”在叶福陵后来的保险职业生涯中，他深切体会到自己的追随是有价值的。“我一直为自己能够争取到在吴晋江团队工作而欣慰。在资源上，他非常开放，总是向伙伴们提供自己竭尽所能的支持。在我的成长当中他给了很多建议，给予我讲课的机会，使得我的成长更快更好。而且吴晋江总在尝试着学习与突破，他总想着要向比自己能力强的人学习。这些都给予我极大的启示。”“顶天立地做保险！”吴晋江的这句座右铭非常激励叶福陵。“从这句话既能看到吴晋江的大格局，又能感受到他的脚踏实地。”若干年前，叶福陵父母从老家来深圳看望儿子，吴晋江热情接待，并且请其父母住到他位于万科东海岸的家中，视若自己家人，这深深打动了叶福陵。“吴晋江是我的榜样，无论是业务上还是做人做事上，他都是我的标杆。”叶福陵由衷地说。

2013 年，对吴晋江来说是不平凡的一年，也是极具坐标性的一年。在这一年里，市场激变，他面临前所未有的事业挑战。“我不知道该如何突破自己，想跳出固有的格局，来看看该如何应对市场。我不知道我的未来在哪里？”如何提升自己的领导力？如何突破客户层次？如何寻找到自己未来的路标？对于吴晋江，他亟须一扇能望见更高更远处的窗。

在吴晋江事业的关键节点，他想到了大学同学、曾经同在学生会的马云。当年在杭州师范学院学生会，马云担任学生会主席，吴晋江担任宣传部部长。

吴晋江通过朋友找到马云的手机号，尝试着发出一则想要拜访的短信。吴晋江并没有收到对方回应，他又向另外的同学要来了据说是马云的另一个手机号，再次发出希望可以见面的请求。

几天后，先前发出信息的手机号有了回应，马云依然记得曾经的大学同学，并邀请他去参加自己即将举行的一个演讲活动。“当时这对我真是一个好机会，但那个演讲的时间我正好有无法推开的事情，所以相当遗憾。”吴晋江表示。后来，马云助理陈伟与吴晋江有了接洽沟通，吴晋江也一直保持与陈伟的联系，并且不放弃寻找与马云见面的机会，纵然是昔日同窗，这一心愿实现虽可意料但也实为不易。

天降良机往往是意外，可这“意外”的背后却也是一种坚持与付出。

似乎是不经意的一天，陈伟给吴晋江打来电话，告诉他一个信息。过几天马云将在淘宝上拍卖一个曾经进行过慈善赛事的足球，马云与新浪董事长曹国伟将在球上联合签名，拍得者将有缘与马云见面交流。这仿佛天赐的机缘恰似在为吴晋江铺设一条蜿蜒幽深却可以通向梦想的坦途。

吴晋江自拍卖开始便在网上密切关注拍卖动态。“这个足球是从 500 元起拍，我一开始并没有参与，因为我想更高效地夺标。之前一定都是很多买家竞争，我只需要关注最后阶段的出价就可以了。”吴晋江的判断非常准确，从竞拍开始，出价一路走高，因为有与马云见面这样极为难得的机会，太多的买家参与其中，好不热闹。

当天深夜，吴晋江志在必得地坐到了电脑前，开始真正投入这一场在他看来事关前程方向的“战役”。“到最后，只剩下我和一位竞拍者，我们出的价格在交错中不断上升。”因为吴晋江早已有了孤注一掷、不惜一切代价的心理准备，他只想着比对方出更高的价。最终尘埃落定，他以最高出价如愿以偿赢得了这个足球，实现与马云相聚的夙愿。吴晋江的出价是 60888 元，也是本次拍卖的第 97 次出价。那一刻，他雀跃欢呼，高举双臂从屋内狂奔而出，满脸如孩童般自豪与满足。

2013年10月28日是吴晋江赴约的日子，前一天晚上他特地住到了马云第二天开会所在的太极禅院附近的西溪湿地酒店。这天上午，马云秘书陈伟接待了吴晋江，并带他参观了太极禅院以及禅院内的书房。因为马云一直都在开会，吴晋江与陈伟有了很多关于马云工作与生活的交流，从交谈中吴晋江体会到了马云精神里“永不放弃”的信念。

一直等到下午5点，马云散会，吴晋江终于实现了与昔日校友——心中创业榜样、企业家标杆人物马云的会面。整个见面交流持续半个多小时。

这次与马云期盼已久的相见，尽管时间并不长，但吴晋江从思想上深感大受裨益。“这次与马云的重逢，对我今后的事业发展可谓意义重大。从与马云的对话里，我收获了三方面的思考，这与我今后的事业发展紧密相关。”吴晋江所说的三方面是：“一、你要什么？二、你有什么？三、你能放弃什么？”

吴晋江：“这是我人生中最重要的照片之一。1988年我们大学毕业之后，我就没有和马云见过面，后来我一直想跟他见面，最后从淘宝上参与拍卖花了6万多块钱，公益拍下马云亲笔签名的足球。我记得是2013年10月28日下午，在杭州太极禅院，马云忙完所有公务之后，我们一起见面拍下这张照片。用公益拍卖的方式和马云见面，这足以证明我的诚心和勇气。马云身上有无比强大的气场，并从此改变了我的后半生。所以，和优秀的人学习交流是最重要的事情之一。”

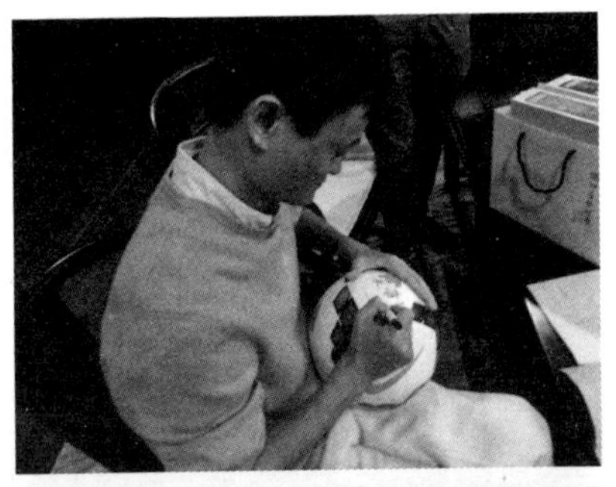

吴晋江："马云在足球上签下'永不放弃'四个字。我到今天仍能感受到马云内心那种强大的意念和力量，而'永不放弃'用在我身上也是非常准确的。虽然马云今天成为世界最顶尖的企业家之一，而我只是个普通的总监，但从精神层面上来看，我们俩都有一个共同特征，就是对于自己所追求的东西，一旦认定就永不放弃，这也是人生最重要的信念之一。"

第九章

梦圆讲台　渴求优才

人、城市、时代如同一根虚幻的绳索，环环相扣之下泛着被岁月打磨过的光。

成为“深圳人”的创业者吴晋江亲历了保险在一座城市变迁中的成长。考量一个城市，甚至一个时代，保险是最好的标尺。

“保险最能反映经济的发展。一个城市文明的标志之一就在于商业保险的投保率。地方文明的发展如何，类似保险这样的金融支柱在其中的作用和表现，就是最直接的证据。那些商业保险越不被人接受的地区，经济也是越不发达的。”

随着深圳投保率的逐渐增高，城市的经济也在转型。“三来一补”企业逐渐退出市场，吴晋江以往所熟悉的那些浙江服装厂也回迁到浙江，鞋厂也转移到深圳周边区域。“深圳经济转型成功完全可以从人们对于保险接受程度的大幅提高看出来，2000 年到 2015 年，深圳经济转型之后迅速发展的时段也正是商业险在深圳快速成长的阶段。”

吴晋江还记得 2002 年，他在做团队增员时已经感觉比以往容易了许多，团队保费当年突破 1000 万元，作为五位经理之一的吴晋江还受公司奖励赴韩国旅游。

吴晋江认为，市场低谷以及人力不可抗拒的不利境遇对保险市场未必是坏事，反而会激发人们对保险的领悟与需求。2003年席卷而来的SARS使得依靠与人近距离交流为核心的保险展业变得困难重重。“我们当时的早会比以前更难开，即使公司还在继续每天开早会，但已经有很多人不出席了。面对面的交流成为一种奢望。”然而，吴晋江却发现生命的危机意识促使人们更有了风险意识，更关注身体安全风险保障，公司适时推出了SARS产品，当年团队保费达到833万元，虽然比上一年下滑一点，但考虑到SARS的特殊情况，这个业绩还是相当可观。吴晋江由此思索到：糟糕的境遇下，会不会往往就是保险显露“身手”的机会？

2004年，市场已经逐步恢复有序发展，呈现好的态势。

2005年，公司派吴晋江与另外两位团队经理去宁波分公司观摩产品说明会以及现场签单技巧运用等营销策略，吴晋江收获颇丰。也正是自2005年起，由平安外勤营销引入了保险公司“开门红”模式，这种模式纷纷被各保险企业所采用。

“我在宁波的观摩对我启发很大，要想产品说明会成功，就必须讲师足够专业，同时，现场要有签单氛围。宁波分公司在这方面做得很专业，现场学习大大提升了我们对于‘开门红’的信心。”吴晋江陈述。而在当时，深圳分公司已经认为吴晋江具备了一名优秀讲师的潜质，开始重点对他进行培养。

自2005年开始，吴晋江连续多年担任深圳分公司“开门红”产品说明会和创业说明会的主讲人。这期间，平安保险集团培训部从国外引入了“顾问式行销课程”，吴晋江开始得到更高的信任，被赋予更多职责。这个课程让吴晋江成为平安保险集团全国“顾问式行销课程授权讲师”培训的主讲人之一，开始在全国巡回讲授。吴晋江觉得这样的经历就是思想财富。“首先，我觉得讲师这样一个身份使得我站在‘顾问’角色上去理解销售，而不单单仅以‘营销员’的狭隘视野去理解。其次，我以讲师的身份可以非常系统地从客户购买商品的角度去研究消费心理以及行为。”吴晋江很快成为一个专业顾问式的讲师，并且渐渐奠定了他在系统内“卓越”讲师的地位。

在集团公司买下“PPM2”的课程版权后，吴晋江通过进修，成为“深圳授权讲师班”的主讲老师，这个课程也成为营业部经理晋升的必修课，吴晋江参与1至2单元的讲授。他所讲授的课程除去专业性之外更具有了针对性。

在平安寿险界，吴晋江迅速成为“产品说明会”以及“创业说明会”的双料主要讲师之一。讲师声名的鹊起，促进了吴晋江个人以及团队的业务发展。自2005年起，他的团队每年“开门红”都入围公司顶尖营业部，同时大量优质人才凭借对吴晋江个人品牌的信任与欣赏，追随他而进入他的团队，企望在其中成就自我、实现梦想。

对吴晋江影响最大的职业培训师是美国的尤金·威尔逊。早在2001年下半年，平安保险引入尤金·威尔逊进行国内讲师的职业培训，尤金在美国有40年以上的训练总监职业生涯。“我非常欣赏他，主动与他接近，请他来我们团队参加夕会晨会，他给我们带来很多新的理念。”吴晋江对尤金·威尔逊钦佩至极。2002年4月吴晋江的大儿子满月时还特地请威尔逊到场，可见他对威尔逊的崇拜。

2003年12月，平安保险准备在系统内推动AMTC课程，

2010 年 9 月 17 日，吴晋江带了 100 多位同事去参加在广西援建的岑溪河六平安仁爱希望小学的落成典礼。他们持续为这所学校捐赠已经十余年，这让吴晋江体会到，做公益并不需要做得多么宏大，只要能够坚持做下去，就一定会有成果。

吴晋江参加了授权讲师班培训，并成为公司授权讲师。“我非常喜欢这个课程，他对我各方面帮助都很大。特别是尤金·威尔逊和张祥毅（美国 CIAM 授权讲师）之前的传授内容使我对课程的领悟更加全面、深刻，对于我在今后教学上的发挥深为受益。”吴晋江说。

自小对教师这个职业的崇敬，并不仅仅实现在吴晋江的保险职业生涯里，他还有一个令自己感到无上荣光的头衔——广西岑溪河六平安仁爱希望小学名誉校长。这所小学是平安公益捐助的全国众多小学之一。然而，与其他希望小学不同的是，这里是吴晋江与团队伙伴响应公司慈善公益宣导，热忱捐助的爱心园地。

2009 年国庆节，吴晋江带着儿子与太太来到广西岑溪实地考察，在他和家人的爱心感召下，团队伙伴纷纷加入捐助队伍。他们通过当地青少年发展基金会将捐款援助到这所几近废弃的乡镇小学，使她重获新生。至今，吴晋江都难以忘怀作为名誉校长他心潮澎湃地参加了希望小学的落成典礼。此后，在他带领下，他和团队伙伴们的捐助从未停息，他还多次带领客户、邻居与家人来学校回访，每年都有捐助。据吴晋江介绍，至今，他和捐助伙伴们投入到学校维护建设中的经费达到 70 多万元。他放不下学校和孩子们，挂念着这里的一草一木，个人将近 10 次来到学校与孩子们欢聚，感受他们的喜怒哀乐，倾听他们的心声，了解他们的需求。这令他无比欣慰，他感受着自己生命的价值正在一步一步地实现。

“我和团队伙伴们做慈善是自发行为，受到公司的感召是我们投身其中的出发点。我们的捐助发自我们个体，不借助组织。

我们也很愿意带客户一起去感受公益，甚至投身其中，后来我们发现其实这十分有助于我们的营销事业。”吴晋江坦言自己做公益时是不经意去做了，但能够坚持下来也很意外，无论是公司还是民众都给予吴晋江和他的爱心伙伴们高度认可与赞誉。而在此之前，他的团队还被评为“2008 年抗震救灾先进集体”。

对广西这所希望小学的捐助，吴晋江认为是他做慈善的雏形，是自己投身公益的一次实践。“我想以团队的名义联合客户、家属，三方一起联合做慈善公益。而我们保险人代表公司，发挥团队的力量。”一开始吴晋江考虑得并没有那么远，他仅仅是想表达自己的爱心，他们最初只是给予捐课桌椅、修缮教室等基本的援助，然而随着时间的累积以及投入的持久，他和追随他的爱心人士们对于学校的惦念和孩子们的关爱，已经成为一种心灵的驱使。援建希望小学的食堂，就是这种心灵驱使的结果。

“我当时在学校看见孩子们每天都拿着矿泉水瓶来上学，里面装着白色液体，孩子们早上带过来就放在课桌下面。后来我才知道那是粥，是孩子们的午餐。我问孩子们喝粥不吃菜会不会饿，孩子们告诉我，他们已经习惯了没有菜。这对我触动很大，我才发现孩子们的上学情况比我们想象的还要艰难，而且我还发现很多孩子没有鞋，他们即使在冬天有的也要光脚走将近 10 里的山路来学校。”吴晋江说他的这些发现使自己和伙伴们真切感受到了贫困，他分外忧心这样的贫困会残酷地隔断孩子们的求学路。他决心从最基本的午餐开始，为孩子们铺设一条能够少些磨难、健康成长的路。

为了让孩子们吃上热腾腾的饭菜，在吴晋江的倡议下，爱心伙伴们又为学校建造了厨房和食堂。2011 年 9 月起，在厨房建好后，这些从前午餐只能喝粥的孩子们终于吃上了白米饭和炒菜。每个孩子只需要象征性交一元钱，但即使是一元钱，很多家长仍然觉得很贵，这也令吴晋江意识到，中国很多乡镇的贫困程度超出自己的想象。

随着援助的深入，吴晋江和爱心伙伴们又捐建了学校图书室以及一些文化、体育设施，2019 年 7 月，在他们的捐助下，学校对破旧的操场做了实质性的改建。

谈及对学校的捐助与援建，吴晋江对公益以及慈善有了更深的见解。“如果真的用心去做一件慈善的事情，一定要持续不断地做，同时要与可依托、可信赖的专业平台共同完成。比如，我们对广西这所爱心小学的捐助就是在平安集团的平台上，通过中国青少年基金会连接得以实现，并在持续的过程中有着可信而通畅的保障，使爱心可以深入实地，真正实现我们的心愿。”令吴晋江感到特别有意义的是，在持续多年的慈善爱心投放中，他和伙伴们亲眼见到受助的孩子们因为他们的爱而改变学习境遇，改变成长环境。在他们的支持和帮助下，有很多家庭得到了一对一的配对帮扶。“我们使孩子们意识到，虽然他们不一定能见到，但这个社会上有众多的叔叔阿姨、爷爷奶奶在帮助他们，关心他们，呵护他们。让他们感到生活有希望，激发他们对未来的信心。”

同时，吴晋江也表示这样的付出对爱心团队的每一个人都很有启发。“我就常常带着我的孩子以及邻居的孩子去学校，

特别策划 A15

平安人寿因为他们而精彩

中国平安 PING AN

吴晋江：“每当看到这张照片就很感慨。当上总监在保险业来讲，是一个很值得纪念的事情，我是深圳分公司第三批晋升总监的人。我做梦也没有想过，来到深圳之后会有一天从事保险业，更没有想过会在保险业成为总监，完全没预料到会在这个岗位上一直待到现在。今天回过头看，选择和坚持实在太重要了。”

让他们懂得关心有困难的人，懂得生活的不易，懂得关爱与珍惜。这对于我们自己的孩子成长都是很好的教育，也是每一位参与伙伴内心的自我升华。”他还认为，这对于公司以及团队品牌、社会形象的建设都大有益处，“我们通过自己的行动让社会感知到保险人的爱心、责任感，这在一定程度上改变社会对我们保险人的片面认知。”吴晋江觉得投身慈善与公益是保险人由内到外值得去做的。

现在，吴晋江对于慈善的理解是：可以很简单地去做，但贵在坚持。对于广西平安仁爱希望小学的捐助，他一做就是十几年。“用团队的力量比一个人的力量去做公益更有意义，慈善和公益结合起来会更有价值。”而且，吴晋江觉得在方式方法上一定要赢得人们的信任与尊重。“在捐助学校的公益活动中，我将所有捐助者的姓名、捐款金额以及他们分别捐助的内容张榜公布。这样使捐助人放心、安心。透明、公开，也使得当事人有荣誉感。”他认为公益活动的方式也是需要用心考虑的，直接影响到公益的持久性和影响力。

2000 年 4 月 1 日，吴晋江成为营业部经理。2009 年 7 月 1 日，吴晋江晋升为团队营销总监。时代发生了诸多的激变，深圳这座改革探索先锋城市日新月异，从最初的小渔村魔术般变得前卫、时尚、酷劲十足。而吴晋江身在其中，自觉不自觉地都发生着变化，这些变化来自外部，更发自内心。他坦言：“我成长的速度不算快，但我属于厚积薄发型。保险销售不是比谁跑得快，而是比谁走得更久。”平安保险深圳分公司在 2009 年 7 月 1 日一次性晋升了 5 位总监，加上原有的总监，公司总监不超过 10 位。对于这个营销高端职位，吴晋江认为自己并没有刻意去追求，“我更关注自己的职业生涯整体规划，注重自己的稳步前行，不贪头衔。”吴晋江说自己最自豪的是人们都认为他做人做事很正，成为总监不过是水到渠成。“我觉得自己能够事业成功，第一，我能够‘坚持’。聪明的人有很多，但一个人扎实并且坚持去做某一件事其实并不容易。诱惑很多，很多人在追逐梦想时会坠入诱惑之中爬不出来。第二，我做人很正直，做事勤奋，赢得人心。这其中包括赢得团队伙伴，也包括我的客户的信任。第三，我把握机会能力强，注重与时俱进，不断去努力做有效增员，拓展组织发展。”吴晋江对于以事业达成自己所愿，有着清晰理性的自我分析。

2010 年到 2012 年三年内，由于多方面的因素，深圳平安保险公司一万多名代理人处在业绩发展的徘徊期，找不到突破口。公司为此引入 LIMRA 课程，并在 2013 年引入了优才制度，使得公司有了大变化，团队受益。吴晋江认为，“传统营销体制不改变，将来会遇到更大困难。”吴晋江介绍，当时寿险营销普遍增员困难，留不住人。2013 年，优才制度成功引入成为公司发展的一个转折。所谓优才，指的是 25 岁到 45 岁，大专以上学历，在深圳有两年以上的营销经历，通过了面试的人。吴晋江具体解释优才及优才制度：高学历，有更高学习力，给予更高财务津贴，帮助向往公司未来规划的年轻人，在 2 年内培养他们成为优秀营销人才和优秀团队长。同时，公司引入香港著名保险总监方宗强支持“优才计划”。自 2013 年下半年起，公司开始不断涌入优才。

就优才引入而言，早在公司官方行为之前，吴晋江已经在着手经营。2009 年开始，他就为了优才的引入，在团队中自费设置了招聘助理，专门负责招收优质人才进入团队，近两三年以来团队中有所建树的营销精英大约有 20 多个都来自那个时期的加盟。“我当时有极强的意愿，就是要招募高素养高学历的新人进入团队。为此，我专门请了招聘助理，去电话招募有外勤销售经验，有发展意愿的年轻人。这些年轻人一旦被录用，我会和他们签订协议，承诺会帮助他们实现梦想。”近年来，为了团队优才引入，吴晋江自费达到 20 多万元。而他的先期行动也的确为团队带来了活水，这些当初引入的优才，在自己的努力和他的培养下，已然成为团队骨干。“我培养了他们，他们后续又依照我的思路引入了新的人才，更多的年轻优才陆续进入我的团队。”吴晋江表示，在 2014 年到 2017 年，他的团队增员质量和数量都非常令人满意。在他看来，优才应该像鲶鱼一样被扔在团队里为团队建设“深耕细作”。按照优才的标准，以吴晋江所育成的郭海侠团队为例，优才占比达到 60% 以上。近年来，吴晋江的秘书团队也发生着变化，职业素养更高，更加年轻化。吴晋江强调：“保险营销一定要持续增员，不断做组织发展，组织发展核心是增加新人，而新人可以锤炼出优才。通过年轻化、优才化改变队伍结构，以适应市场变化。”吴晋江认为，从公司发展层面上优才也给予了平安保险很多变化，优才的大量引入，使平安保险愈发走向科技化。初创—复制—制造—创造，是吴晋江对平安发展的梗概描述，在这个轨迹中，他认为“优才计划”至关重要。

附录：自己够“优”，方能“引优”

问：最初到达深圳，在底层打拼，与所谓底层人交往时您的感受是什么？感觉自己与他们的区别是什么？

答：大学毕业后我进入中学教书，并没有机会与底层人接触和交往，直到来到深圳，我在鞋厂、报社工作，与他们有了大范围接触。在我看来，他们都是很单纯善良的人，大多没有文化，很多人的境遇非常值得同情。他们对人真诚，但是他们总体上没有什么志向，只满足于最基本的生活条件。我和他们一接触就发现了自己与他们巨大的不同。

记得我离开鞋厂的时候，很多人认为我是跳槽去了别的鞋厂，因为在他们看来，生活不可能发生很大的变化。我觉得自己与他们最大的区别就是：他们仅仅将自己作为深圳这座城市的过客，而我时刻努力是为了成为这座城市的主人。我一来到这里就心怀梦想，人与人最大的区别就是梦想的不同。

这些底层民众与深圳的主流生活相隔膜，无法融入。我思考过原因。我觉得首先是因为他们的出生环境，决定了他们来到这里是简单的谋生赚钱，而我来这里是追梦。其次，教育限制一个人的视野，也决定了人的成长空间。再次，结交的人脉圈也是一个原因，他们大多是老乡之间的交集，很少能够接触到更有能力更有远见的人。而我当时身处企业管理层，直接接触企业领导，后来去报社又接触到大量高层次客户，意识与见地自然和他们都有着巨大的差异。

问：和他们接触，对您最大的触动是什么？直接对您后来的人生有何影响？

答：当时最大的触动就是，我更下定决心要离开这个环境，我非常害怕变成他们。这些底层谋生者实际上都非常单纯善良，都是老实人。但也正是那段经历使我领悟一个道理，不要做单纯的老实人，要做可以赚钱的诚实的人。只有赚到钱，你才能帮到自己，也才能帮到其他人。我非常害怕被他们同化，变得没有志向。

和他们相交往的日子对我今天帮助很大，在了解他们的同时，我了解到多层面的社会。同时我也悟出，一个人要想有所成就，就要向比你更优秀的人学习，与更优秀的人交往。

问：创业最艰难的时候，是什么力量使您一直强大地面对生活？

答：我是在1998年与未婚妻一起搬进福田农批市场卖工艺品的，可能是最低谷的时候有爱情陪伴，所以我没觉得有多悲惨。其实，人在困难低谷时最可怕的不是辛苦和磨难，而是孤独。那个时候，如果有个女朋友在身边，就是很幸福的事。人在异乡，孤独是最可怕的。只要有恋人相伴，两个人的相互理解、关爱，生活再苦也是无所谓的。

我非常感谢我的妻子，在我人生最低谷的时候遇见她，并且一直陪伴我，度过在深圳最困难的时光。现在看来，最低谷最艰难时刻我能够昂首度过，是因为有人给我关心和爱，这是我内心最大的能量。

问：成为一名讲师对于您的营销事业的意义是什么？

答：在我所收获的荣誉和成功里，讲师角色的成功占了三分之一。在营销中成为一名讲师对我意义非凡。

首先，讲师角色令我找到自信，更充分发挥自己的才华。我从“见习讲师到五星导师”的历程，令我充分开掘了自己的能力。我自己分析，我讲课的天分源自青少年时期父亲带我看世界，后来又在大学学生会担任干部的锻炼。平安保险的讲台使我又一次找到发挥才能的领域，提升了我的影响力。其次，现代人若想成功，提升影响力是关键之一。而演讲能力和口才可以极大促进影响力的提升。在我的实践之中，讲师的角色使我在推广营销理念、销售过程、团队增员以及团队建设中都有巨大的帮助。再次，讲师角色令我的讲授能力也不断提升，最大的受益人是我本人。讲课使我反省自己，在教学伙伴当中反而对自己的帮助最大。同时我也在不断进修提升讲课水平，特别是在向尤金·威尔逊、吴学文的近距离学习中，我有着多重收获。

我觉得自己今天可以成为优质出众的讲师还要感谢在杭州师范学院、中小学时老师给予我的帮助，感谢父母为我创造的学习条件，在时间的长河里成为我事业发展中的财富，创造了我的事业，使我的思维和内心格局变得有高度、有深度、有宽度。同时锻炼了感性与理性并存，培养了我较强的逻辑思维能力。尤其要感谢平安保险给了我足够的信任，使我有了一名讲师茁壮成长的实战空间。

问：既然您的讲师角色这样出彩，深受无数代理人欢迎，取得无数荣誉，为什么没有转型为专职讲师？

答：“讲师”只是我的身份之一，但我对自己有着清晰的定位。“讲师”不是我的主要身份，独立成为“讲师”对我既没有吸引力也没有价值。离开市场的“讲师”一文不值，就像我离开平安保险，也就没多少价值了。

我确信，“平安总监”的身份是我事业上的基础。我对自己的定位很明确，所谓“知人者智，自知者明”。

问：落户深圳，拥有深圳身份对您的影响有哪些？

答：当初，我放弃一切带上 400 元南下深圳，已经有了一去不返的决心。多年以来我一直在深圳打拼，深圳给了我很多，我越来越喜欢这个城市。记得我离开杭州的时候，好多人还问我什么时候回来，而在当时我就有了自己心中的答案，我离开就不会再回来。

我拿到深圳的身份证后，终于成了深圳人，这是深圳这座城市对我十几年奋斗的认可。当我 2000 年 1 月 1 日在深圳买了人生第一套房时，我漂泊的心有了家的归属，当我确认自己成为深圳人，当深圳接纳我之后，我感觉自己的心更安定了。

问：深圳乃至时代的变化，对您产生了哪些影响？

答：这是个特别有价值的问题。我想就自己来谈得更具体些。任何一个个体离不开大环境，个体的发展应该顺大势逆“小流”，个体发展要顺应整个社会发展趋势。如果你想做出一番事业，就不能和普通人一样去思考、去生活。举个我自己最直接的例子，当我选择进入毫无了解的保险行业时，身边多数人都是反对的。而身边人的这种反对，实际上不代表大趋势，只是局部的小潮流，我“逆流”而上，才有了今天的我。没有国家的改革开放，没有深圳的改革开放，没有平安保险的与时俱进，就没有我的今天。所以，一定要顺大势，逆“小流”。

问：您现在开始尝试投身于慈善与公益事业。慈善与公益如何更长远有序，您对此的认知和理解是怎样的？

答：我们每个人都有慈善之心。人性是善良的，人心中都有慈善之光。其实慈善与公益还是不同的。我理解公益更多的还是力所能及以自身的行为去帮助他人。过去的几年，我尽可能带动更多人去体现我们的公益之心，以更多力所能及、亲力亲为去以慈善之心行公益之举。

同时，我认为我们做慈善或者公益，初心要单纯，不要太复杂、功利。我认为我们所聚焦之处应该不要超出我们的能力。就像我投身捐助学校的公益，一所学校做十几年，效果就很好。做慈善或公益不要贪多，贵在坚持有序。

随着我自己对慈善的认知，我现在逐渐将视野上升到家族财富管理传承上，在保险、信托等金融领域做慈善遗产的传承。慈善的更高境界是变成一种工具解决家族的财产管理与财产传承。

我相信有良知的成功企业家终极归宿都会是慈善家。普通人终归也会成为慈善人，人最终都会自然表露出善良本质，慈善符合人性。

问：您和您的团队以什么来吸引优才？

答：想吸引优才，最重要的是要知道优才需要什么。现在的优才比以前的有着更好的生活条件。在我看来，当今优才有几样是他们非常看重的。第一，更看重事业发展的平台。第二，更看重个人成长机会。第三，对未来期许更好的收入、更多学习成长的机会。第四，希望可以成长为专业理财规划师、营销团队领路人，而不是简单的保险营销员。另外，优才看重相对自由的工作时间、良好的团队工作氛围。

我在吸收优才的过程中首先会坦诚平等地与他们交流，找到对方的需求点，并为对方做一个较好的事业发展规划。同时，在创业说明会上必须与时俱进，要加入符合优才需求与梦想的内容，吸引人才，而不是传统的“卖公司、卖产品、卖自己”。我希望可以让优异的年轻人从我身上看到生活的丰富多彩与希望。

我会精心做好个人与团队的品牌建设，并且通过自媒体去经营健康、积极、正能量的个人形象。一个时尚、与时俱进、与年轻人同频沟通的人才能吸引年轻人的关注。另外，我也为招收优才舍得投入，越优秀的人才我越舍得投入。仅仅是网络渠道的优才增员，我每年投入超过 20 万元。

问：吸收优才只是团队经营建设的一部分，如何引领优才恐怕更是对您的考验，这方面您是如何实践的？

答：第一，优秀的人因梦想而来，作为引领者要看清他们的梦想，更要清楚自己与团队的梦想，用自己和团队的梦想引领有梦想的年轻人。

第二，需要严格筛选真正有能力、有梦想、有执行力的优秀人才。

第三，要有严格明确的目标与要求。比如，每天正常出勤要着职业装，要有良好的工作学习习惯、拜访客户的习惯。要有良好的工作态度以及严格的绩效标准，这些都必须要严格执行。

第四，对优才的培养需要用心，不仅关心他们的工作，更要关心他们的生活与内心世界，尽可能用他们喜欢的方式与他们沟通。与年轻人尽可能同频沟通才能获得良好的信任。

第五，不断引领优才走向专业化，带领他们参加各种有价值、利于他们成长的专业培训与课程。很多需要我来付费，我都非常乐意付出。我愿意尽我所能提升他们的专业技能，让他们看到自己成长的未来。

第六，给优才创造成长的机会，使他们进入团队功能组培养他们，充分信任他们的能力。在用心培养他们的同时及时指出他们发展中的缺点。

引领优才最重要的是自己必须与时俱进，成为真正的领军人才，并能引领优才向前进取。

第十章

海外修习　慈善为怀

2014年3月，一个对未来有着无限憧憬和些许迷茫的名叫张琳的年轻女孩进入吴晋江团队。仅仅5个月之后，出乎所有人的意外，她居然担纲了训练功能组的组长，并且实现了自己在这个岗位上的夺目绽放。“对优才就是要绝对信任，给予他们足够的空间与平台。”吴晋江的果断令很多人吃惊。在吴晋江的知人善任之中，张琳得到了事业与收入上的飞跃。据吴晋江说，进入公司第二年，张琳的年薪已经突破百万元，第四年年薪突破200万元。而吴晋江的团队也在张琳这样的优才加入后，有了更大实质性的绩效提升。

张琳至今还记得吴晋江给她留下的最大印象：“我那时刚来公司和他见面，之前也和许多团队总监接触过，大家都和我谈当下，唯有吴晋江和我谈的是关于我的未来。”吴晋江给予张琳的信任，使张琳对未来充满信心。

2014年，在“涛峰私董会”上，吴晋江关注了一个名为“孕峰”的高端企业家公众号。这个公众号属于互联网创业领域，内容相当前沿，很投吴晋江胃口。经过几番努力，吴晋江如愿进入了公众号的微信群，在其中他学到了很多互联网的思考方式，深受裨益。“以互联网现在的思维倒回去看传统保险营销，的确会发现很多问题。”吴晋江由衷感叹。

吴晋江："这是我人生当中最特别的照片之一——和比尔·盖茨在北京钓鱼台国宾馆洗手间合影。今天来看觉得既搞笑又很佩服自己的勇气，虽然这种行为不是很妥当，但当时却没有想更多，只想和我的偶像合张影。这足以证明我在营销领域20年以上的磨炼，让我能够有一种大胆而又坚持不懈的勇气。记得当时比尔·盖茨有点惊讶，但是并没有拒绝，马上就跟我合了影。我是比尔·盖茨在洗手间被要求合影的第一个人吗？"

也正是在这个阶段，在马云的引荐下，吴晋江在上海见到了众安在线的领袖欧亚平。“我认为，马云引荐我与欧亚平见面，是希望我能在互联网上有更大的作为。欧亚平是一位智者，和他交流使我对互联网在当代的营销运用方式与思维有了更为深刻的理解。但作为互联网企业更需要年轻人。”吴晋江并没有加盟欧亚平的互联网企业，即便如此，他还是无限感恩那样一次有益于自己展望未来的会面，甚至认为那次会面直接影响着自己事业的发展。

在与欧亚平的倾心交流中，吴晋江更加确信了互联网将成为保险营销发展的必经之路。“第一，互联网是未来多元化发展的趋势，保险发展一定也是如此。第二，互联网的崛起将会使更多年轻人赢得成功的机会，互联网思维也将成为商业发展的大势。第三，更需要我们把握机会，用互联网思维工作，寻找更多的成功机会。第四，我也理解了为什么平安保险要走金融 + 互联网发展之路。”

2015 年 10 月，吴晋江在北京参加一个高端慈善会议，用一个奇妙的方式见到了自己最渴望见到的一位国际名人——深圳国际公益学院发起人之一的比尔·盖茨。“当我看见比尔·盖茨的时候，就想与他有个合影，但作为一个保险总监与他这样的国际名人接近简直是不可想象的。我想，唯一较安静的能接近他的地点就只有在洗手间了。于是我就到了洗手间去等他。”也许是机缘的注定，吴晋江果真在洗手间等到了比尔·盖茨，神奇般的和心中的偶像有了一张令自己惊喜的特殊合影。尽管只是张合影，但令吴晋江备感荣耀——“我用自己的方式实现了与我的偶像的合影，这也说明了我的专注、用心和大胆。”

2017 年，吴晋江参加深圳国际公益学院 GPL 课程，有机会去美国西雅图正式拜访比尔·盖茨基金会，那是吴晋江正式见到比尔·盖茨。“我听他给我们讲了半个小时的演讲，比尔·盖茨给我的感觉非常友善，超级有智慧，个人磁场极为强大。”

在吴晋江事业发展遭遇瓶颈时，或许是命运的眷顾，他在执拗的追寻与机缘巧合下，见到了最想见到的两个人——马云和比尔·盖茨。当他对事业前景徘徊不决时，他总是想到这两位当时看起来高不可攀的人。“我在事业最关键的 5 年内见到了我最渴望见到的两个人，大大增强了我的信心，开阔了我的视野。”吴晋江的勤奋、坚持与智慧使他成为少有的幸运者。

2013 年雅安地震救灾时期，吴晋江与知名公益人邓飞在微博上相识。在一次朋友圈刷屏时，吴晋江偶然见到邓飞在问：“谁愿意和我成为同学？”邓飞所说的“同学”指的是他即将去上的一个“EMP（国际慈善管理）”高端公益课程。在做捐助希望小学公益项目多年之后，吴晋江当时正在开拓公益慈善方面的新视野，旋即对邓飞所说的课程产生兴趣。在邓飞的提议下他们一起报了“EMP”二期课程。

“任何事情不仅仅只追寻经济利益，单纯逐利的时代已经结束，我们的经济行为中更需要关注和符合社会法制、道德以及责任感。”吴晋江说这正是他对于公益人士所倡导的公益高端课程特别有兴趣的原因，“一切为了佣金、业绩，不择手段的营销，都不可能持久。我在事业遇到瓶颈时，希望可以从我关注的公益慈善中寻求到突破的答案。”当时，吴晋江个人与团队的业绩都没有突破，互联网经济的崛起，使得他发现了很多传统营销模式下潜藏的问题，比如虚假宣传、误导消费者等。

“这些有问题的销售方式我既不认同，又不擅长。当时，不少地方以这种有很多不规范的方式取得了一时成功，我也去做了所谓的学习，但的确很难认同，也学不了。这完全与我的团队文化不符合。”吴晋江直言。

在吴晋江似乎寻不到出口的时候，高端专业公益课程为他打开了一扇窗。“当时，对于传统营销的错误模式我个人难以适应，同时深圳的保险营销各方面相对比较正规，也很难模仿。”吴晋江两年半时间花费 12 万（每月去一次北京）去学习，是希望自己可以以更大的视野去瞭望世界，把握事业的前途。他希望改变圈子，改变所交往人的层次，他希望可以带领团队转向为中高端人群服务。“我那时很多时候也静不下心来思考问题，希望在课堂上给予自己安静学习与思考的机会。我常常想，为什么国外的富人后来都愿意去做慈善，这其中一定与保险、信托有关系，也一定有家族财富管理与传承的学问。”家族财富管理与传承是吴晋江透过公益慈善这扇窗，渴望见识到的远处的风景。

2014 年 4 月，吴晋江上了北京师范大学 EMP 公益研究课程的第一堂课，民政部前司长王振耀作为院长给他们讲了一堂主题为“慈善经济时代”的讲座，令吴晋江感悟深切，更令他对于慈善、公益和社会经济生活的关联产生了探究的热情。

就课程本身而言，吴晋江认为并不太适合自己。“这个课程针对的是专业做公益的人士。在我们班里主要是两种学生，一种是专业公益人士，另一种是转型去做公益的成功企业家。像我这样作为保险营销总监的学生，是唯一一个。”尽管如此，吴晋江仍然觉得收获满满。“在校园里我感觉自己又回到了大学时代，看见那些可爱的学生们，我就回想起自己的校园时光。

我的那些同学也给予我巨大的心灵触动。他们大部分具有公益情怀，投身公益真的是饱含热情。公益界也面临着很大的压力，这也令我对公益有了很多的反思：做公益事业一定要有情怀。职业做公益与普通做公益是两码事。很多基层职业公益人非常有才华，品格很高，很有情怀。公益人的优点非常明显。”吴晋江认为，现在社会上对于公益存在着误区，人们的观念里似乎做公益就是不赚钱，其实不然。

“对我而言，邓飞推荐的这个课程不是非常适合，他们对于技术层面讲授内容很多，但我不是职业公益人士。我想了解的是财富管理与传承，是面对企业家的课程。”正在吴晋江苦苦觅求更适合自己的课程时，公益学院恰巧推出了面对企业家公益的 GPL（全球善财领袖计划）班。这正是吴晋江所特别需求的。在 EMP 课程还未结束的时候，吴晋江就急切报了 GPL 课程，经过层层面试，他被王振耀院长特批参加学习。

“王振耀院长给我的印象是非常敬业，具有国际眼光，是标准的国际公益人。我能够进入自己迫切需求的课程学习，他给予了特别的关照。”吴晋江非常感恩自己在公益路上遇见的贵人。他认为邓飞是他进入中国慈善公益领域的领路人，尽管 EMP 课程不太适合自己，但他依旧认为 EMP 打开了他进入全新世界的一扇大门。

因为 GPL 慈善班的学费高达 58 万元人民币，尽管求学若渴，不在乎在学习上“挥霍”，但这样昂贵的学费也令吴晋江感到不轻松。为了家庭的和谐，更为了赢得家人的理解和认可，他特别和妻子、孩子开了个家庭会议。“我告诉他们我学习的课程、学习的目的以及学习后对于自己事业的积极意义和帮助，希望他们可以理解和支持我。”起初，妻子怀疑用这样一笔巨大的家庭开支来学习一个看似与切身生活联系不紧密的课程是否值得，但在吴晋江的热切期盼和赤诚情怀的感染下，还是最终理解了他追寻梦想的一片痴心。

2015 年 5 月 5 日，因为 GPL 课程，吴晋江有了平生的第一次美国之旅。

抵达哈佛大学，由王振耀院长引领学生们对整个学校进行一番熟悉。吴晋江惊异地发现无论教学楼还是宿舍楼都是一栋挨一栋的小楼，王院长告诉学生们哈佛的很多建筑比美国建国的历史都长。这些他们所见识的小楼都已经有了 100 多年甚至 200 年的历史，堪称文物。当晚，他们就住在了与深圳国际公益学院开展合作的肯尼迪学院，这所学院主要教学目标是培养政府官员。

在学院的欢迎仪式上，吴晋江特地穿上精心选择的唐装。恰巧，当晚正逢哈佛大学传统的“裸奔跑”（“裸奔跑”是哈佛大学传统的学生活动，一年两次，主要集中于本科学生。在期末考试前一天晚上，为了舒缓心情，放松压力，学生自发到校园固定区域进行裸体跑，结束后皆穿好衣服回归寝室。）吴晋江对此非常感兴趣，对于西方文化有着强烈探究愿望。在接待的留学生引领下，吴晋江无比好奇地第一次近距离见识了哈佛颇有名气的“裸奔跑”学生活动。“我所在的班级里只有我一个人前往。在求证可以拍照后，我拍了一些令我感到奇妙，却充满西方高校文化的照片。”班上的同学知道了吴晋江的“壮举”，无不愕然，但吴晋江觉得自己很有心得与收获。“意外地看到西方校园的传统文化场景对我很有冲击，通过哈佛‘裸奔跑’我感受到人只有在较开放的心态和环境下，才更具有创新精神。一个大学的竞争力也必然与此有关。哈佛的建筑具有古迹文化的传统，而他们又包容学生们合理节制的开放，这种开放与传统看似矛盾，实际是有机结合的。开放与保守统一才最有能量。我到美国不仅为了求学，更想了解文化与风土人情，了解这里一流大学开放与保守的矛盾统一。”

在哈佛，吴晋江主要学习公益组织领导力的课程。“我的感受是美国对人的培养很看重领导力，注重培养领导力，培养人的世界视野，也就是一种世界眼光在本地的思考意识。”在课程学习中，吴晋江强烈领悟到人不应仅仅关注眼前问题，同时更应该关注长远问题以及问题的原因。“因为世界是联系一体的。”这是吴晋江课后的感悟。“有的时候，解决问题真正的钥匙恰恰不在工作本身，而是在更大的范围内。”《金钱不能买什么》是吴晋江印象较深的一本书，“书中对金钱、公共事务、企业、个人总在提问，并不给出统一答案，更在于启发读者的思考与辩论。”他提到这本书的魅力正在于此。

对于授课老师给自己的感受，吴晋江也体会颇深。“他们视野都非常开阔，学术上有很强的理论支撑。同时他们又关注事物本质，有着全球视野范围内的责任感与使命感，而且为人非常谦和，思考模式都非常独特，课堂上总给予我们很多讨论的时间。”吴晋江还了解到在哈佛大学，校长是住在学校里面的。“这表明了校长贴近学生的治学态度和与学生心灵相通的情谊。我认为这充满了人文精神和民主思想。校长代表了学校的精神。”

据吴晋江介绍，美国诸多知名大学的公益基金会逐年递增的资金都是由校友捐赠的，这足以保证学校可以很好地实现教学硬件和软件建设。

吴晋江："我做梦也没有想过有一天会在哈佛大学肯尼迪学院聆听哈佛教授的演讲，尤其是这位桑德尔教授，他的演讲风格是我非常喜欢的。等他讲完之后，我就拿起他写的这本书请他签名，并且跟他合影。后来我又看了很多他演讲的视频。他喜欢和大家讨论问题，并不轻易给答案、给观点，而是引导大家去思考争论，这种风格我非常喜欢和欣赏。"

吴晋江："我右边这位王振耀博士是引领我进入公益界、对我影响最大的人之一。王院长具有宽阔的国际视野和丰富的人生阅历，他的善经济理论影响了我。左边这位托尼教授是肯尼迪学院的院长。能够和两位大佬合影，对我来说是非常开心、荣幸的事情。"

吴晋江："GLP首期班在哈佛一个礼拜学习结束之后获得了结业证书。这一个礼拜的学习对我来说是一次非常难得的体验。他让我打开了视野，开始学会站在世界看中国。我当时穿了唐装来学习，这款唐装是新式唐装。一方面我很喜欢中国传统文化，但另一方面我也喜欢创新，喜欢开放。这两种不同的风格在我身上可以得到有机的统一。"

吴晋江难以忘怀哈佛著名的查尔斯河。查尔斯河清澈、灵动、清新，空灵的阳光下充盈着人与自然的和谐，似乎呼应着哈佛大学的智慧、理性和文明。吴晋江在哈佛不长的时光里养成了晨跑的习惯，每天早上跑在查尔斯河边他都感受到心灵的放飞和自由。他回想着过去，又遐思着未来。在海外的求学历程使他看到了世界的不同，又在不同之处发现了相通和相同。他欣喜自己逐渐拥有了以全球眼光看问题的能力。“几次到哈佛学习与交流，真切感受到了美国和中国都有强大和先进的一面。中西方文化交流融合正体现在各个方面，我在尝试着对它们的接纳。”吴晋江非常庆幸自己做出来哈佛学习的重要决定。

在哈佛的一些细微亲历，也令吴晋江感受到美国文化的特异。“波士顿的墓地在市中心，而墓地旁的房价最昂贵。这表明美国人对死亡的正视，美国人很早就已经直面死亡的思考。”在波士顿参加交响乐音乐会，吴晋江有着惊异的发现，“前排座位有人喝酒，演出中间有非常受观众欢迎的互动环节。这让我对传统交响乐的展现形式有了印象上的改变。我认为这正是传统与创新之间完美的结合。”在入住哈佛酒店期间，吴晋江发现酒店的健身房一直有人在锻炼，而且老人居多，他了解到这些人中大部分是学校的教授，“在美国，人们习惯于健身，运动非常被人们所重视。”

根据课程设置，吴晋江与同期学员从波士顿飞往纽约，难得地进入美国历史上第一个亿万富豪洛克菲勒家族庄园。洛克菲勒慈善基金会也是世界上最大的私人家族基金会之一。吴晋江坦言自己从未想过今生可以住在洛克菲勒家族庄园内。“洛克菲勒家族为什么要做这个基金会？他们如何做财富传承？”

吴晋江：“在我们的观念里，墓地总是和住宅隔得很远，但是在波士顿，却是墓地和住宅和商业街完全紧密联系在一起，这里还安葬了一位美国前总统。我开始思考一个问题，不同民族、不同国家的习惯、文化是不同的，也许我们只有更多去了解不同国家的历史文化和价值观，才能真正理解彼此之间的不同。”

这是吴晋江身在此中反复思索的。“那里的电梯都是100多年前的，房间窗户不大，但非常安全。房间的空间也很有限，只有一张床，一个写字台，没有电视机。”吴晋江说参观整个庄园最令自己感到震撼的是地下博物馆。地下博物馆陈列着洛克菲勒使用过的第一部汽车，整个家族使用过的汽车也都按时间顺序依次陈列着。“我还看见整个家族使用过的马车也全部精致保留着影像图片。印象最深的是有一张照片，几个小女孩坐在马车上，其中有一位戴着白帽子的小女孩，讲解员告诉我们那是她的外婆，而那辆马车就是她外婆坐过的。”吴晋江被洛克菲勒家族久远的历史和深深的印记所折服。

参观住宅时，吴晋江发现从主客厅望去，视野开阔，风光无限，所见尽是希腊式建筑。“客厅虽然不大，但非常温馨。摆放着家族第一代、第二代的照片。办公室也不大，但绝对精致。餐厅是坐老式电梯上下的，历史痕迹很重。餐具厨具都是由铝、银考究定制的。”厚重的家族文化渗透在各个细微之处，这给吴晋江内心很大的冲击。

吴晋江还记得带他们参观庄园花园的园丁是一位92岁的老人，这位老人的父亲也是庄园花园的园丁。“这里花园与我们国内的花园相比，最大的特征就是大而开阔，花多，喷泉也多。”这是吴晋江的直接观感。在庄园会议室，洛克菲勒家族基金会与学员们有一次难得的座谈会。“基金会首先向我们阐述他们的使命以及传承的价值观。这是我在参加了许多个中美慈善公益组织的活动中感受最大的区别，美国的慈善基金会总会把使命和价值观放在介绍的第一位。”据吴晋江了解，迄今洛克菲勒家族七代传承的后代共200多人，基金会里专门有一个办公室在做维系家族成员情感的工作。在美国，类似于洛克菲勒这样的名门望族为了规避极其高昂的遗产税，他们在财富传承中进行慈善捐赠，以成功避税。家族将镂刻着厚重文化印痕的庄园放在家族慈善基金会名下，成为家族永久财产。“这真是太巧妙了，既做了慈善，又可以免税，同时让庄园成为家族永久资产。”吴晋江慨叹。

在参观洛克菲勒家族档案馆时，吴晋江看到了家族几代人经商时的往来信件以及家族几代人的大合影照片。这些都启示了吴晋江对家文化传承的认知。“我回国后致力修家谱，整理家庭传统文化，包括不远千里从父亲的老家山西运回当年陪伴过他的扁担、石磨，都是深受美国家族文化的启示。”吴晋江说。

在会议上，吴晋江问了一个自己最为关心的问题：传承的方式有没有以买保险来实现的？“我记得当时对方的回答是：买保险是很正常的，但并不作为财富传承的主要手段，仅是方式之一。”吴晋江感受到美国家族慈善基金会在做财富管理与传承的时候，实际上是金融 + 慈善 + 家族统一价值观。“真正传承永久的不是财富，而是价值观以及慈善基金会。”吴晋江在现实中也敏锐地发现，越来越多的国外富豪已经在考虑以信托、金融的方式做更安全的财富管理与传承，已经有越来越多的世界知名企业成立了家族慈善基金会。

吴晋江：“当我站在美国第一个亿万富豪——洛克菲勒家族的百年城堡外面，用手机拍摄这张照片的时候，真正感受到一种强大的家族力量、财富、历史等等的冲击。这座房子本身就是由巨大岩石建造的，特别牢固，但又雕琢得特别精致。爬满青藤的城堡、悠久历史房子上面中央的老鹰是不是代表了主人曾经辉煌的历史和强大的力量？这是我第一次真正踏入世界顶级富豪的私人庄园。也只有亲眼看到这些庄园，你才能真正感受到家族历史的文化传统是多么重要，感受到世界顶尖家族财富传承的方式多么重要。”

吴晋江：“这是我们跟洛克菲勒家族第五代传人（后排左六）的合影。后排左七是招商银行前行长、深圳国际公益学院董事长马蔚华。我们是在庄园里一个花园拍摄的，这个花园的面积之大令我非常惊讶，又修饰得特别精致。”

吴晋江："这张照片左四的老妇人是带领我们参观这个庄园的园丁，她说她在这里已服务超过60年，她的爸爸也是在这里做园丁的。这让我感受到这个庄园历史多么长远，在这里的一草一木都诉说了一种历史、一种文化。"

第十一章

世界眼光　回望当下

2015年7月，吴晋江因为慈善课程的实地考察，有缘随学生团来到欧洲。在法国，知名的麦莱瑞珠宝家族引发了他极大的兴趣和好奇。这个400多年前从欧洲其他地方移民而来的家族一直在为皇室提供御用珠宝。吴晋江在巴黎郊区所见到的麦莱瑞家族相当低调。“我看到他们房间的陈设里没有电视机，显眼的位置摆放的都是家族照片。小孩在上，老人在下。我了解到这其中蕴含着家族文化和家族历史，因为孩子代表家族的未来。”据吴晋江介绍，他在自己家里进行家庭文化的布置时，很多细节也参考了麦莱瑞家族的布置。在巴黎市中心，吴晋江和学员们一同参观了麦莱瑞家族的珠宝店。那是完全不同的另一番奢华景象。

此行的某日晚间，吴晋江参加了著名的娇兰集团的盛装晚宴。在这个晚宴上，吴晋江原先头脑里某些固有的思维被颠覆。“通过我参加的这些国际顶级奢侈品品牌的家族活动，我认识到他们在选用接班人的时候并不看年龄、男女或者辈分。他们是从小就观察培养，选用家族成员中最有能力、最有兴趣的子女来作为接班人。”吴晋江谈到，当时一位只有20岁的男青年与他们做了很深入的交流，而这位年轻人就是已经被娇兰家族选定的未来接班人。

吴晋江一行还参观了著名的老佛爷集团。在老佛爷集团顶层 7 楼，老佛爷董事长接待了他们，并与他们分享了老佛爷家族的财富管理与文化传承。在分享中，吴晋江了解到集团的两位继承人，一位经营企业，一位投身公益。同时，集团格外重视历史遗存，专门保留了一段 1935 年的楼梯。

在拜访爱马仕集团时，吴晋江有着同样类似的发现。在集团大楼的低层是店面，而上层是集团的历史文化陈列馆，作为历史积淀与传承的凝聚。

吴晋江发现，法国的知名百年老店都有自己的基金会，而基金会主要就是在做家族财富管理和传承，终归为企业服务。而家族接班人的传承一定也是提前选好，以能力和意愿作为严格考量的标准。

从巴黎飞回纽约时，在机场，吴晋江因为行李超重等原因不能顺利登机。而几近不会英文的他在偌大机场孤立无援，他努力尝试下载各种 App 来寻求帮助，所有复杂的程序自己独立完成，几经努力后顺利登机。“这次国外看世界对我触动很大，我能力达不到的，就努力用科技手段去弥补，我要努力跟上时代，才可以与世界对话。”

这次海外之行彻底打开了吴晋江向外探求和追索的内心，他希望家人可以与自己同步面向一个更为广阔的世界。2015 年 10 月，他带领儿子、妻子和亲戚再次前往美国，希望可以引领家人去感受他曾经感受过的一切。这次他还有一个特定的目标：要为儿子选一所美国中学。

“我们所见到的美国中学都很漂亮，他们没有高楼、围墙，大多在郊外，环境优美。我带家人一起去看了斯坦福大学，参观了硅谷、乔布斯故居。现场看了多所美国中学。”吴晋江开始有意识引领全家进行国际化生活的体验。

2016 年春节期间，吴晋江太太陈霞怀孕了。一直渴盼二胎的吴晋江无比激动，他决定将孩子生在美国，并说服了太太，开始为即将出生的孩子在美国寻找月子中心。2016 年 5 月，他和大儿子一同来到美国缅因州的桑顿中学，几经考量并与校方交流，决定让大儿子在此就读。在此行中，他还实地考察了 3 个月子中心，并确定了最终的选择。

2016 年 8 月 28 日，对于吴晋江一家是有着特殊意义的日子。大儿子从深圳独立前往香港机场飞往波士顿，吴晋江则带着太太从深圳转飞上海前往檀香山月子中心。这一天被吴晋江看作是全家从深圳走向国际的起点。

大儿子锟锟抵达香港机场后才发现，他所乘坐的美联航班 16 岁以上才可以独立乘机，而其时他只有 14 岁。在与父亲商议后，他改票乘坐国泰航空的航班直飞纽约。抵达纽约后他必须独立完成到波士顿学校的行程。这中间车程需要 7 个小时。此时，吴晋江与太太的航班即将起飞，在与孩子短暂交流后，吴晋江不得不将锟锟最后的行程规划留给了只有 14 岁的孩子自己。

锟锟当时并不慌张，他想到有个小学同学在纽约读书，同学认识一个华人司机。他联系到同学，请他联系这位司机来机场接自己抵达学校。经过同学的帮助，几经周折，锟锟于第二天凌晨三四点抵达了自己的学校。

吴晋江对儿子这次独立解决难题的能力非常欣慰。“我感觉儿子也受了自己的影响，面临困难，肯于动脑，不急不躁，可以独立冷静处理问题。我和儿子都在同时迈向世界，都在同时打开更广阔的世界视野。”

锟锟在美国求学期间，吴晋江切实感受到了对美国文化的全新理解。“我们之前对美国的理解总有些误差和误解，实际通过孩子上学这几年我对美国有了更真切的理解。”锟锟在学校发生的一个意外事件对吴晋江触动极大。美国法律规定 21 岁以下是不能饮酒的。有一天晚上，身在深圳的吴晋江突然接到锟锟所在学校教务处老师打来的电话，老师在锟锟房间的冰箱内发现了一瓶未打开的酒。据锟锟解释，这瓶酒是从香港带入美国的。电话里老师语气郑重，表示需要“严肃处理”，要和吴晋江商量将孩子带入专门地域进行反思学习（类似于学生禁闭地），如果家长同意，这期间所产生的费用需要监护人承担。如果不同意，学生将被遣送回国。在吴晋江的认同下，锟锟被学校送抵专门区域进行反思教育。在 4 至 5 天的时间里，学校安排专门的心理教师对孩子进行心理辅导。在吴晋江看来，学校的整个安排非常细致妥帖并富有人文关怀。“这件事对我和孩子都产生了巨大的教育作用。后来孩子每次回国生活中都有了极为明显的规则意识。”在谈到对美国教育文化的认知时，吴晋江感受很强烈。“美国教育很强大，执行规则规范非常坚决严格。美国中学对孩子的心理辅导很重视。同时教育非常遵循人的个性。既有鼓励个性自由的一面，也有规范严格的一面，比如学生可以留不同发型，但必须穿西装。”在此次孩子触犯戒律的事件中，吴晋江深切感受到美国学校处理事件的态度既教育了孩子，又保留学籍最大限度地保护了孩子，并且督导家长参与了对孩子的教育。

吴晋江特别提及他进入公益领域中几位对他影响至深的引路人。一位是王振耀先生。2014 年吴晋江在 EMP（国际慈善管理）第二期的开学典礼上，于北京师范大学京师大厦初识作为名誉院长的王振耀。作为第一位演讲发言者，王振耀谈到“中国已经进入善经济时代”的观点引发了吴晋江极大的心理触动。王振耀在发言中指出：中国经济今后发展将从“善”出发，而不是从“金钱、利益”出发。企业要承担更多社会责任。“这番话让我对公益与慈善有了一点点开窍。”

因为 GPL（全球慈善领袖计划）课程学习，吴晋江与王振耀有了一起出国旅行近距离交流的机会，使他对王振耀有了更清晰的认识。“我发现王振耀与那些国际顶尖家族都非常熟，他们对他也都格外尊重。这证明王振耀在国际公益慈善领域有着极高的影响力和亲和力。同时，他英文非常好，总在不断学习，40 多岁还重新进修英文。他有着大学任教、政府工作的经历，与知名家族及其企业都有诸多紧密交流，所以胸怀非常宽广，视野非常开阔，为人热情善良，总在替别人着想，做事认真专注，有强烈使命感。”在吴晋江看来，王振耀更像一位学者。时代需要一批学者、企业家引领中国公益事业转型。吴晋江认为，正因为王振耀理论基础很深，思想观点超前，所以可以得到国际知名家族基金会、国际公益界的广泛认可与尊重。“王振耀先生似乎就是一座桥梁，通过他使我们看到国外公益慈善的先进理念。西方社会也通过与他的接触了解中国公益慈善所需要的发展方向。”吴晋江表示，正是王振耀引领自己进入中国最顶尖的公益慈善圈。2018 年他的大儿子得以参加“青年英才领袖计划”，参观了硅谷、微软总部，拜访了比尔·盖茨慈善基金会、Google（谷歌）总部。在团队一行中只有两位中学生，

吴晋江："当国际公益学院说有一个项目能让我儿子参与，并去考察美国硅谷的谷歌和西雅图盖茨基金会的时候，我毫不犹豫地就报名了。因为我自己本身就是这个项目的受益者，它让我开阔视野，学会站在世界看中国，所以我也希望我的大儿子能够有机会参与，没想到他是这个班里面两个中学生之一，其余的都是企业家。当我儿子（前排右一）参加完以后，我问他的感受，他说感受非常多。也许很多年以后，让我儿子回忆起来，这一次的学习对他人生可能会产生非常大的影响。"

其中一位就是吴晋江的大儿子。他的大儿子能有这样极为珍贵的机遇，也有赖于王振耀从中给予的支持与鼓励。“我和我儿子都深受王振耀的影响。”吴晋江发自内心地说。

邓飞也是吴晋江格外想感谢的人。“邓飞带我进入 EMP，由此我得以深入了解国内的慈善行业。”邓飞不仅是吴晋江进入慈善界的引路人之一，也是几年前四川雅安地震发生后，吴晋江作为志愿者与身在地震灾区一线进行慈善公益活动有过近距离接触的公益名人。“我感觉邓飞精力超级充沛，极具使命感，执行力非常强，善于利用与整合各种资源，反应力强。做事态度坚韧，是个真正把公益当作事业来做的人。”吴晋江对邓飞的钦佩溢于言表。特别令吴晋江感动的是，邓飞脚踏实地，一直不放弃做很基础的事，并且亲自落实。邓飞扎根边远农村，常年为基层农民做实事，非常令吴晋江折服。“邓飞今天能在中国慈善公益圈有名望，是他实实在在努力付出而做出来的。”吴晋江坦言。

马蔚华是吴晋江非常仰慕的另一位公益名人。马蔚华原是中国金融界名宿，后转投公益领域，并担任深圳国际公益学院董事长。初识马蔚华，是在吴晋江拜访美国洛克菲勒庄园之时。据吴晋江介绍，当时马蔚华特地从纽约赶来庄园和学员们交流。“我印象中的马蔚华思考问题深刻到位，有见地。毕竟他是从市场中走出来的金融大家。看问题角度总是比我们要全面，阅历丰富使得他视野更为开阔。但这样的大家又格外平易近人。”吴晋江记得，2018 年 3 月，马蔚华与自己一同参加 ELP 课程培训两周时，课堂态度极其专注。“他学习专注认真，在课堂上非常谦卑，学习笔记非常工整清晰。”

让吴晋江深受教益的是，马蔚华在这次培训的第二个晚自习时间与学员们做了分享。“马蔚华从如何从事公益慈善事业，如何看待公益慈善事业，谈到如何改善中国的慈善公益事业以及他曾经引领的招商银行创新改革的思路和心得，我感觉特别受启发和教益，是难得的聆听机会。”因为马蔚华出身金融圈高层，近距离接触之后，他的思维有很多地方让吴晋江格外有所领悟。在马蔚华身上，吴晋江发现了一种鲜明的“企业家精神”，那就是以客户需求为导向的思维模式。

在哈佛学习期间，吴晋江宴请客户与同学，也盛情邀请马蔚华参加。“我感觉到在企业家中，大家对马蔚华有着极高的尊重与信赖。”后来，马蔚华因为母亲去世，在深圳举办追思会，吴晋江也参加了。他感受到马蔚华对亲人的情深义重，并且展现出极高的情商和魅力。

从宏观而言，吴晋江觉得自己进入公益界最大的改变，就是学会站在世界角度看中国。他感慨：“过去我老是觉得中国就是在世界中央，深入高端公益层的学习使我真实感受到地球是圆的，没有中心点。公益学习帮助我以世界的眼光看中国，使我更深刻地了解中国与世界的关系以及整个世界的变化。我逐渐学会用全球眼光去看世界。”

在吴晋江所在的学习班级里，他是英文最不好、年龄较大的学员之一，有着诸多不利的学习条件，和很多新生代学员也存在着思想代沟，但他从没有灰心和懈怠，更没有过放弃的念头。为了学有所成，他把所有学习中的障碍看作是对自己的挑战，从不言退。而今天他在心灵与思想中所收获的也正是他在事业征程中所赢得的奖赏。

吴晋江:“当时我们ELP第二期结业典礼在哈佛大学肯尼迪学院举行,照片上是我和马蔚华以及同学们的合影。这次培训费用的2.5万美金是由达利欧捐赠,这让我明白,做公益并不一定要去捐赠最苦的人,而是如何通过捐赠去影响更有能力的人,让那些更有能力的人去做更多的公益,从而改变整个世界,这就是影响力投资。我觉得最开始的起步一定是先去学习认识更有能力的人,所以照片上的我自信、开朗,对未来充满信心,它让我学会不仅仅要从中国看世界,也一样需要站在世界看中国。”

在平安保险集团甚至整个保险营销圈内，人们对吴晋江留有鲜明记忆之一的是他的金牌讲师身份，这同样是他在圈内的闪亮标志。

成为一位业内知名度极高的讲师，对于吴晋江而言多少有些无心插柳，但似乎又是水到渠成。他对于总监与讲师角色的衔接有着独到的见地："我认为一位优秀的总监首先应是一位社会活动家、慈善人，需要不断学习。其次，应是优秀的领导者，一位寿险专家。然后，还需要成为一位不断学习，寻求自我突破的人。"吴晋江的体会来自亲历，所以更为深刻。

吴晋江当年从师范学院毕业，成为小镇上一名中学语文教师。尽管那时教师职业待遇低，但至今他仍然认为他在复读之后进入杭州师范学院可能是人生的最正确选择之一。成为老师之后他心情轻快很多，但同时又有着复杂的心境。正如他所言："我没想到自己会重回余杭，我非常喜欢教师的工作，但不喜欢语文教学中的条条框框。"三年之后，吴晋江带着离开的决绝和对未来的憧憬毅然南下时，他有着太多的舍弃与不舍。"我喜欢做老师，我喜欢这里熟悉的环境、学生和与我一样年轻的同事。然而，我不能接受一眼看得到尽头的工作，我不想一辈子停留在小镇。但无论任何时候，我都无限感激我在余杭度过的三年。"

吴晋江 1996 年夏天成为平安保险公司的一名业务主任，他在成为正式讲师前写了一篇足以在当时证明自己不俗能力的文章——《寿险营销——一场静悄悄的革命》。他至今仍然认为这是一篇在业内有意义的剖析性文章。那时他刚刚进入公司一年左右。“如果没有我在杭州师范学院的学习经历，没有我曾经三年中学老师的职业生涯，我达不到这样的认知与写作水平。”吴晋江认为一个优异的讲师要有人生的阅历，要有岁月的沉淀，最好要有科班的学习履历，并且喜欢写作。

早在 1997 年吴晋江就已经受公司看重，请他讲授公司的创业说明会。“我还记得当时是在平安集团总部的六楼进行的讲授，那时我就已经采用了非常新颖独特的讲故事方式，效果非常好！”

2000 年吴晋江成为营业部经理，并获得“五星级讲师”的超级荣誉。同年 7 月，吴晋江被公司委以重任，参加由平安集团常务副总经理赵福俊督导的“现场不签单产品说明会”。这是吴晋江第一次参加公司层面的大型产品说明会。2005 年，吴晋江连续 7 场在平安大学讲授大型产品说明会和创业说明会。2007 年 8 月，吴晋江第一次应华侨大学邀请去吉隆坡参加马联保险公司的演讲。这个阶段，吴晋江已经逐渐成为公司最核心的金牌讲师之一，他不断奔赴中国台湾、香港以及亚洲其他国家和地区进行保险演讲或课程讲座。他的教星之途愈发明亮。

成为明星讲师，吴晋江认为首先是他选对了行业。“是行业给了我成功的机会。保险行业需要销售，而销售需要培训，需要思想、心得、行为的总结与分享。演讲就是一种营销方式，保险就是通过演讲扩大影响力。”吴晋江认为收获诸多讲台上的果实，还在于要有人生阅历的沉淀，他确信丰富的阅历是成为卓越讲师的基本条件。“在讲台上，面对千百名听众，我以自己的人生故事去表达、去抒发、去总结，总能轻易赢得广大听众感同身受的欢迎。人生阅历对于一名讲师而言就是财富。”吴晋江强调作为一名有价值的讲师一定要传达出人性的理念，“我希望我能传递一种健康的销售观，在各种创业说明会、产品说明会上，我认为一名优秀的讲师的讲授并不是以达成多少现场签单为评定标准。一名讲师价值的最高境界在于他的讲授可以启发学员们站在客户的立场，打开坦荡的内心，与客户进行真诚有效的沟通。”

第十二章

案例台阶　未来可见

自 1995 年 3 月 15 日吴晋江进入平安保险之后，第三个月他就借钱自费印制了 3 万份保险宣传资料册。资料册上自问自答，比如：为什么买保险？什么是人寿保险？为什么需要保险？我们应该如何投保？当然还有“自我介绍”。整个宣传册还配有吴晋江自己的绘图，例如：在“大学教育金”旁配个博士帽；在“高中教育金”处绘制了一本书；在“养老保险”处配有高尔夫球。“今天看来，我当时自行制作的保险宣传册理念还是很超前的，即使到今天也没有过时，仍然可以沿用。”吴晋江表示。

提及当时自己的思路，吴晋江认为是学习使自己的保险理念与意识不断提升，“我当时看了很多台湾的保险书，里面有很多先进的内容，很早我就意识到保险这种无形的商品需要有形的方式呈现，才有更好的阐释。”

吴晋江所经历的第一个身故理赔案例是在他入职半年之后，客户因病去世，吴晋江帮其家人进行保单理赔。比起后来在漫漫保险生涯里他所经历的各种理赔案例，这个案例让吴晋江对保险事业、对人生命运有了长久的思索。

客户是深圳某报社的一名记者，在吴晋江这里投保了“平安永乐险”。一天，吴晋江接到他打来的电话，说他目前生病入院，希望可以变更受益人。吴晋江携带保险单据紧急来到医院，准备为客户做变更手续。“我去的时候，见到了客户，感觉他状态不好，周围还有很多来看望他的人。好几次我想拿出保险合同和他谈变更的事，但总觉得有很多人在，涉及个人隐私，不方便拿出来。客户也没有提变更的事。”吴晋江回忆。然而，那件事让他格外懊悔。“当时我刚从业不久，经验不够，也欠缺工作方法，自己考虑得太多，总觉得在那个环境下我来和客户谈这个事太过残酷。如果换在今天，在当时那种情境下，我一定会顺利完成客户的意愿。”吴晋江无尽的遗憾是来自案例的结局，那天过于谨慎的他并没有如客户所愿办理好变更手续，而客户却在不久之后去世。

这个案例理赔的过程及结果还算令人欣慰，因为没有变更受益人，按法定执行，客户的儿子、太太、从美国赶回的父母都有权利取得赔款。家人一致同意将赔款留给孩子。从美国赶回的客户父母签署了确认函，将理赔款转让给孙子。

这件理赔案例发生在吴晋江保险销售生涯的中期，对他影响很大，同时也激发了他对自己所追求的事业进行更深层次的思考，并在一定程度上给了他关于人性、人生、事业、销售方式等多重启示。

“这是我经历的一个令我内心很不平静的理赔案例，其中有我很深的遗憾和内疚，也令我真切领会到人生无常。同时，我深刻认识到作为一名保险销售人员，所做的工作正是在挑战人性。保险产品的交易目标是人的健康与生命，而人们又很难接受用生命与健康来做不吉祥不美好的讨论，保险营销员又必须去向客户表述各种风险可能以及保障方案，而类似于‘变更受益人’这样令很多人无法面对的敏感要求更对保险营销员提出挑战。但保险营销做的又是与人的生命和健康最相关的工作，给更多人提供风险保障。”吴晋江认为保险营销之所以难，一个很大的原因是与产品本身涉及生命、健康的特点与特殊性有关。吴晋江也承认，对于今天而言，人们的生命观已经进步了很多，人们对于生死的态度已经超越了二十多年前很多。

2007 年，又一个案例令吴晋江对自己从事的保险营销有了更多元的认知。平安保险深圳分公司领导给吴晋江来电话，询问一个更专业的保险问题。事情的原委是总公司一位领导在读 EMBA 班的一位同学因病突然离世，全班为这位同学的两个儿子（一个 15 岁，一个 3 岁）共捐助了 50 万元抚养金。为了这笔捐款可以实际落实到孩子身上，捐助者们商量用善款为两个孩子投保，需要一位专业保险代理人去做细致的投保工作。就这样，深圳分公司领导想到了专业与操守值得信任的吴晋江。在这样一个并不简单的投保案例中，吴晋江作为特邀代理人以精准的专业性全程参与了捐助者为孩子投保的环节，并且他在专业人士的建议下，请专业律师全程参与。吴晋江用自己本件保单的佣金支付了律师费，以自己特有的爱心共同参与了这样一次充满暖意的慈善捐助。在吴晋江的办公室，律师与捐助者代表以及两个孩子的监护人——母亲——共同签订了投保有关协议。

“这个案例给我最强烈的感受就是保险真是拿来解决多种矛盾问题最好的工具之一。”正因为有这样的强烈感触，吴晋江也始终牢记着这起保险案例。从这个案例，吴晋江认识到慈善活动并非一定单一进行。“慈善 + 保险 + 法律 + 承诺书 + 保险代理人监督”能够确保慈善落地、开花。他更对保险功能、意义有了来自实践最深刻的理解。

类似于这样的案例，在吴晋江之后的保险事业里还遇见过，因为有扎实的经验和实践积累，吴晋江在所遇见的种种复杂的保险案例里都处理得游刃有余。“运用保险本身就是在解决问题。”吴晋江的保险观如此简洁却具有深意，因为它来自实践。

多年的保险理赔令吴晋江深刻领会到人生需要危机管理。去年，一个很早在吴晋江这里投保“平安福”的客户突然给他打来电话，他身在海南的儿子夜里不慎从楼梯间跌落，造成脑重伤，又因为是在深夜，长时间没有被人发现，待发现时已经耽搁了好几个小时。第一次手术之后，情况并不乐观，伤者还需要第二次手术，80 万元费用无着落。“那个时候这位母亲每天都极为迫切地给我打电话，希望做理赔处理，但她的保单并不适宜正常理赔程序，至少需要时间，但对方病情等不了。”考虑到客户家人的病情急迫，吴晋江竭力与公司协调，在公司人道关爱下，理赔款从绿色通道以最快速度给了客户，客户上午拿到款后，医院下午便紧急安排了手术。

“保险很多时候就是一个家庭的救命稻草，是一个人最后的依靠，人一定需要做好风险管理、危机管理。同样，一个家，一个人也必须拥有应急机制，买保险就是对自己与家庭进行风险管理和危机管理。”吴晋江的切身体会正是来自这样一个个极具代表性和说服力的理赔案例。这也令他的保险理念愈发升华。

吴晋江还记得五六年前自己在办公室接待的一位客人。这是他早年的一位客户，在吴晋江的记忆中，20 年前这位客户经济条件非常好。这位老客户表示自己是正好路过此地，想顺便上来和吴晋江聊聊自己之前所投保的养老金目前的收益。类似的事情吴晋江遇见过多次，他认为这反映了时代的变化以及人在不同阶段的生活状态、思想状态。“这看似偶然的事情给了我启发，人在不同阶段有着不同的想法。年轻时很多人更关注未来可以创造多少价值，而年老时由于各种原因很多人更关注自己现在可以有多少收益。曾经的有钱不代表现在有钱。而保险就是在生命不同状态下给人们以最实际的帮助，保险对人生不同阶段的不同问题都可以给予很大程度的解决。”吴晋江笃信保险功用无人不需。

连接保险产品与投保人的是保险产品的营销方式。为什么需要保险代理人？这也是吴晋江多年来一直思索的问题。早年吴晋江听说过真实的事例，有人来保险公司购买保险，直接到柜台投保，不愿意将保费给保险代理人。“这说明早期保险代理人不被大众认可，这与保险行业在中国初期存在的各种问题有关，表明人们对代理人营销方式的不适应和缺乏信任，也有着产品本身的原因。同时，代理人营销难也是人性使然，人们不喜欢面对不好的真实。”然而，吴晋江依然相信保险代理人最易激发客户需求。他确信尽管保险产品本身反人性，但保险代理人的职业是非常符合人性的。“保险代理人有依托的庞大坚实的组织，有强大专业的培训，有高额的奖励，有严格的规则管理。这些都足以激发人最好的潜能。”尽管他承认目前的代理人模式存在着问题与缺点，但他认为随着科技、互联网的发展，一些缺点会慢慢被时代所修正。

随着时代的演进，保险的网上销售正在成为销售模式的一种，这与传统代理人销售似乎成为对立，一些消费者为了规避代理人模式的缺陷开始选择网上投保。吴晋江认为所谓保险销售方式的矛盾出现是很正常的。这并不是只有保险业才存在的问题。“代理人销售可能存在误导等问题，但是互联网销售同样也可能会出现误导问题。我认为以人为主导的销售模式还将持续相当长的时间。但代理人的总人数会降下去，最终保险代理人将成为专业服务中高端人群的财务顾问或风险管理顾问。”他相信，今后保险的销售趋势是传统保险代理人模式 + 互联网销售 + 科技，“谁也无法代替谁！保险代理人将走向全方位综合财务顾问或风险管理顾问。”

保险业内部存在着巨大的矛盾，吴晋江将这种矛盾概括为“反人性与符合人性”。吴晋江理解，保险产品作为一种商品，是以人的生命健康为主题进行商品交易，“而人的本性是最不愿意面对生老病死的问题，这一直被视为不吉利，人们始终会很忌讳。”然而，吴晋江认为保险营销工作又是非常符合人性的。“拥有更多时间、收获更多金钱、有个人空间、拥有更多人（团队的支持）、有激励机制、有成长空间等等，这些都是人最愿意获得的生活与心理需求，也是最符合人性的。”显然，将这一矛盾梳理打磨为和谐从容，为更多人提供稳妥的生命健康保障，这是吴晋江对保险这一“矛盾”的事业不懈追求的方向，也是这一“矛盾”事业吸引他的魅力所在。

吴晋江确信，未来的保险世界会发生深刻而巨大的变化。而这些多元化的改变必将深刻改变保险代理人这个群体的未来。“今后的保险代理人群体人数会不断减少，而代理人的素养会全面提升。人力结构也将发生大变化，一些年轻、有使命感、高素养的人会进入这个行业，而更多的一些人将会被淘汰。”吴晋江还指出，保险公司竞争会更加激烈，大的保险公司会更加壮大，小保险公司将面临各种全新市场考验。保险代理模式会出现多元化，但总体还将以代理人模式为主。“那些多元化发展的保险公司，那些专业化程度深的保险公司将会在未来有更大市场突破。”在吴晋江看来，未来的保险企业必须与科技、互联网相结合，“不结合将毫无前途”。吴晋江推断，一些保险低端产品将会更多在网上购买，保险代理人将集中面向中高端客户市场，成为提供全方位的家庭财务顾问与风险顾问、金融顾问。“我判断保险公司传统组织架构将会变得扁平化，经营状态也会发生改变。曾经严苛的管理模式也会变化，保险营销环境将更为宽松和人性化。”对保险业的未来，吴晋江有十足的信心，“未来 20 年是中国保险市场的黄金时期，保费规模将不断提升，中国保险市场也会有更广的开放。”

2013 年 10 月 28 日，吴晋江实现了自己的一个夙愿，得以在这一天与马云见面。他自己也将这一天看作是自身互联网思维正式建立的初始日。2014 年，他加入了由各商界名流建设的“涛峰私董会”，学习和积累了大量丰富饱满的知识，并养成了初步的互联网思维。吴晋江认为互联网思维的建立和形成，对自己的保险事业有着更稳健的推动力。

“首先，我的个人品牌、团队品牌在保险跨界与互联网思维意识里将有更大的影响力。跨界实际上就是我的一座事业上升的桥梁。”吴晋江觉得，在过去，传统的保险业对于互联网一直很恐惧和排斥，而互联网对传统保险业缺乏必要的认知与了解。吴晋江的目标是成为中国保险业中最具互联网思维的总监之一，成为传统保险业+互联网思维在理论与实际运用中结合最好的讲师之一。

吴晋江曾经在“涛峰私董会”专门做过分享，阐释营销制度与保险企业组织架构将会迎来的变化。作为平安保险的一名营销总监，平安集团领航者马明哲对吴晋江的思想有着巨大影响，最令吴晋江钦佩的是马明哲以互联网思维运用于保险企业的运营，他认为马明哲是中国金融界最具互联网思维且最具创新能力与执行力的企业家。平安集团引入科技、引入互联网的创新能力也是吴晋江所追求的。

2013年到2018年，吴晋江感受到了互联网的极速变化。“当初很多人认为互联网将颠覆传统保险业，现在看来这样的观点也非常偏颇。我当初接触互联网，也是因为对未知的恐慌，我就特别想了解互联网，所以我的眼界就跳出了固有的传统保险业，这时我发现自己反而更看清了未来，我在跨界的实践中建立了自己的品牌，也在其中发现了自己的不足。”

在保险营销界，吴晋江俨然是一颗夺目之星，拥有众多的仰望者。他的众多拥趸和粉丝都渴望在他的引领下获得事业成功。对于那些正在进入或准备进入保险业的青年优才，吴晋江最想说的八个字是：开放、专注、协作、卓越。“对于时代的变革我们要去拥抱它。人的发展一定要与时俱进，世界变化很快，我们不能与世界脱轨。我们同样需要专注，传统保险业越是静心专注，就越是不会被互联网取代。要懂得写作，需要有团队意识，在团队中奉献我们的智慧与能力。我们还应该永远保持一颗追求的心，不要自满，追求更高的业绩、更高的收获与更好的事业发展。”这是吴晋江最愿意与已经进入或准备进入保险营销界的后辈们分享的心得。

附录：我们其实需要世界眼光、本地思考

问：您为什么那么渴望接近国际商界名流？

答：这个深层的原因，我分析来自我在深圳早年的经历。我早年在深圳鞋厂上班，见识过底层工人的生活。我送报纸的时候，又见识了不同生活水准与品质的人。人与人之间的价值差距在我脑子里十分清晰。我在深圳还做过书店的进货员与营业员，看到过来买书看书的也都是有较高素养和较好经济生活水准的人。我一直在想，为什么人与人之间会有差别？后来，从多年来我自身的社会阅历中发现，只有从那些比你更优秀的人身上学习，你才会有收获，改变与提升自己的思维与眼界，只要你诚心虚心去学习和领悟，他们那里就一定有提升自己的有益的内容。所以我一直竭力去认识与接近那些商界特别优秀与成功的人物。比如，我与马云接触后，极大增强了我在保险事业上可以做得更高更强的信心，也大大提高了我以及我团队的品牌力量，使得我在开拓高端客户上有了更大的可能。

问：您为何愿意投入巨资学习慈善？

答：作为保险人，我始终在努力实践慈善，从捐助广西岑溪希望小学到每年亲率整个团队的伙伴献血。但我一直觉得如果真的把慈善做得专业，就一定要去学习专业的慈善课程。

同时，我也一直在思考为什么国际上很多富豪最后都成了慈善家，这其中我觉得一定有家族财富传承的考虑。而且我认为在高端专业的慈善界一定可以认识到更高层次的人。

问：您从高额的慈善学习里学到了什么？

答：我花费 140 万元人民币在多个国际顶级高端慈善专业课程中学习，深深体会到未来的保险会在慈善界发挥越来越重要的作用，除去专业上的收获之外，也真正了解到慈善与金融的融合，理解了如何在慈善中做好家族财富的管理与传承。

一般家庭对财富的管理往往是保险与信托，而作为学习过高端慈善课程的保险人，我知道了慈善是一种更为有效和重要的财富传承与管理方式。同时，我在学习中也深入了解到世界多个顶级知名家族财富的传承是如何实现的，对我的思想以及今后的事业都有很大的启蒙作用。

通过学习，提升了我在团队的管理能力，更学会了培养人与用好人。而且，我在学习之后，根据自己的实际情况，借鉴国际先进经验，建立了家族的“锟辰兄弟慈善基金”项目。包括到山西、浙江寻根访古以及新房装修等都是在做家族历史血脉的传承，这些都融入了自己所学习到的知识与经验。我希望自己可以成为最具全球财富管理思维与眼光的保险代理人之一。

问：二儿子的出生对于您和家庭意味着什么？

答：可以这样说，二儿子的出生彻底改变了我和我的家庭。我之前想要二胎，但太太不同意。因为我的大儿子远赴美国学习，我不想家庭成为空巢。可是因为我身体的问题，妻子受孕比较困难，我沮丧但没有放弃。2016 年春节期间，我们一起到湖北老家过年，回来后得知太太怀孕了，真是喜出望外，我觉得这是上天给我的礼物。经过几番考量和多方努力，我们让孩子出生在美国。为此，在送大儿子去美国读书期间我还专门考察了洛杉矶的月子中心。

二儿子出生之后，我和太太的生活也发生了巨大的改变，整个家庭更有情意和生机，对于事业我更有斗志。一向生活意向寡淡的太太也焕发了生活的热情。最重要的是二儿子令我重新体味一个父亲成长的历程。

问：您是如何体验一个父亲成长的历程的？

答：我的年龄越来越大，但我的心态却是一个“享受孩子”的状态，以前作为父亲对于养育孩子的缺失现在重新得到了挽回与弥补，从换尿布、喂奶以及种种对孩子的陪伴我都尽力去参与。人一定要经历过，才会真正体验生命的更多内容，才接近完整。我现在看见家里挂着小孩的衣服，就会情不自禁燃起对生活的希望。

二儿子的出生对我的大儿子的成长也有着积极的影响，明显感觉他变得更有爱心，更有责任感。我记得给我二儿子办“百日宴”后，我的大儿子发了一个朋友圈：“谢谢你，弟弟，爱你！”我们一家人也因为二儿子的出生感情更深。

我们决心换个新别墅，真正的动因也是因为二儿子，他就是我们家的增员，他让我们一家看到未来和活力。

我在进行优才增员引入时，就有优才明确表示愿意加入我的团队是因为我在现在的年纪又生了二胎，这表明我有能力面对未来，我有责任感，也对未来饱含自信。

问：您想让家庭国际化的初心是什么？

答：我的初心来自我的家庭背景。我父亲依靠当兵改变命运，母亲依靠嫁人改变命运。而我从小就渴望去看世界，渴望接受新鲜事物。我渴望与世界的交流。

问: 您的大儿子在高中期间远赴美国学习，二儿子生在美国，面对可能引发的异议，您是如何考虑的？

答： 我想我们不仅应该站在中国的视角上看世界，更应该以世界的眼界去看中国。有一些观念我觉得很偏颇，认为凡是在美国生孩子，凡是移民的人都是不爱国的。我相信，在未来，在一个国际化家庭成长的人将会有更大的眼界、更宽的内心格局去看待中国和世界。

我们其实需要世界眼光、本地思考。

第十三章

激流勇进 “危”中见“机”

2017年，整个保险营销业进入转型阶段，尤其下半年招聘人数明显趋少。销售环节难度增大，客户更为关注产品的线上与线下价格对比。人们从互联网、微信上购买保险成为一种趋势，购买人群变多的同时，购买渠道也在变多，更多的“90后”对保险开始发生兴趣并给予关注。尤其到了2018年至2019年，这样的趋势更为明显。

从保险企业内部观察，老牌的营业部每年都有资深的营销人员离开。在吴晋江看来，这其中有个人因年龄大产生的身体问题，更有销售技巧老化，不投入、不学习，落伍于时代等原因。同时一些客户群也在老化，加保能力在下降，而年轻一代客户很多不愿意向能力绩效衰退的代理人购买产品，每年的客户自然也渐渐流失。入职不久的新人如果低学历，低产能，没有好的学习力，没有太多人脉资源，也越来越难以在行业内生存。

2017年到2019年内，整个寿险营销业面临多元化挑战，人力下滑。此时平安保险深圳分公司的优才引入制度已经执行了若干年，人力的质与量增长以及更新换代都凸显重要，也面临着新的考验。

自2018年开始，优才引进与招募开始出现难题。吴晋江认为主要是由于外在大环境经济结构调整，客户购买力普遍下降，也同时影响了客户购买意愿。然而，机遇似乎也一并呈现，在经济下行刺激中，一部分客户开始购买保险产品作为避险工具，保费规模提升又成为可能，产品差异化增大。在经济环境不好的时候，吴晋江反而觉得逆流中会存在很多机遇。

尽管经济大环境并不乐观，但在优才增员中，吴晋江还是发现有不少更高素质的新人愿意投身于保险业。吴晋江分析这是由多种原因决定的。“第一，保险已经被越来越多民众所认同。第二，保险这份事业足够锻炼人，对一个想要成长，对自己愿意实现突破的人有吸引力。第三，保险事业是持久并长远发展的。”

吴晋江在团队招聘中发现，新引入的优才与之前的增员相比，学历明显更高，毕业的高校也大多为211、985名牌大学，学习力很强，并有强烈的使命感，有高行动力、高资源。“这让我看到自己团队未来应该发展的方向，也让我对引入培养优才愿意花更大代价，花更多精力。”吴晋江对团队优才培养大计，满怀希冀。他表示，自己未来工作重心的转型，就是要转向对年轻优质人才的招聘。

在中国经济转型之中，一些曾经创造过佳绩的保险公司部门经理对未来感到悲观，但吴晋江更愿意乐观地面对，“我认为这是正常的市场经济的升级换代，‘危机’在我看来是‘危’中见‘机’，市场充满机会。”他认为这将表现在有大量高素养高能力的年轻人进入保险行业。同时，大量中高端人群越来越倾向于用保险做资产配置。“近年来，平安保险也在转型，我跟随公司同步发展，感觉找到了自己未来事业的方向、价值与信心。在公司平台上，我有了更多销售资源的整合，更把握住了保险业未来的发展趋向。”

吴晋江对未来个人的事业期许有着清晰的定位——成为专业理财规划师。“我和团队致力于在今后 5 到 10 年内服务中国 30 个以上顶尖家族，同时也为大型企业提供金融服务。”

成为保险企业家，以企业家思维经营业务和经营个人团队，这是吴晋江未来的又一明晰目标。“我会把团队当作企业来经营，建设我的团队成为中国保险业最专业的精英团队之一，为更多民众提供更好更全面的金融服务，为社会提供更多就业机会，创造更多税收，实现保险人的社会责任。”

成为社会慈善家，这是吴晋江努力与时俱进中最新的一个心愿。“成为社会慈善家，我愿意力所能及影响更多家庭或个人参加慈善，我希望可以用实际行动帮助更多个人与家庭。”吴晋江表示，他计划 3 年内建立“锟辰兄弟慈善基金”，通过 DAF（Donor-advised-fund 捐赠人建议基金）慈善基金计划，推动中国的青少年慈善教育，影响到 50 个以上家庭参加 DAF 慈善基金计划。

深圳是中国最与时俱进的城市之一。全国众多的证券公司、投资公司以及创新互联网公司落地于此。近年来，吴晋江被很多业外人看作是了解保险业的窗口。有不少证券公司、基金公司、投资公司的人找到吴晋江，与他进行关于保险业和平安保险未来发展的交流。“如果我不在深圳，如果我不具备在保险业今天的地位，如果我不在平安保险，就不会有那么多人找我谈。”吴晋江始终将自己定位为一位创新者，“我与创新者接触很多，我的今天给予曾经的我最大的欣慰。我来到深圳是对的，我身上的变化就是保险业的变化、平安保险的变化、深圳的变化，甚至是国家的变化。”吴晋江为当初孤注一掷到深圳创业深感幸运，深圳这座城市给予他一个全新的人生。“今天的深圳，今天的平安保险更令我饱含激情和希望，深圳是全国基金公司总部最多的城市，平安保险股票是股市的风向标，在这里慈善业也大有可为。”

2019 年 12 月 27 日，吴晋江家新房的落成，所有家庭成员都参加了入伙仪式。这幢别墅建在原小区的位置，吴晋江一家从 2016 年年底看房，到 2017 年春节期间购买，设计装修时间长达两年多。

吴晋江人生的第一套房于 1993 年间接购得。“当时我母亲告诉我在余杭的房子将改为商品房，需要付费 1 万元，那个时候，1 万元对我而言是天价。”当时，吴晋江在深圳送报为生，生活拮据，他无奈之中向老板孙先生借款 1 万元，汇给母亲，买下了家乡的旧居。“现在这套房已经价值 150 万元以上，这是我父母留给我和姐姐价值最高的遗产。”

2000 年 1 月 1 日，在同事的建议下吴晋江去深圳关外板田村看了万科四季花城的楼盘。“我一眼看中了其中罗兰苑 101 房，该房带一个 10 到 15 平方米的花园，总面积 108 平方米，每平方米 3300 元，三房两厅带花园，我非常满意，首付款 30%，分三次付清。”这套房真正意味着吴晋江在深圳落叶生根。

2004 年夏季，吴晋江搬进了又一套新房，这套房位于海边大梅沙万科东海岸，同样带屋顶花园，同样在郊外。向往花木葱茏，向往安静的海边，这是吴晋江选择居家的地理环境时始终未变的情愫。

2008 年，为了方便孩子读书，吴晋江又举家搬至沙头角东埔海景房。而在此之前，吴晋江已经在沙头角购得一套公寓，但因为太小不适合居住，卖掉后重新购置了东埔的这套海景房。待吴晋江的大儿子小学毕业回到大梅沙读初中时，吴晋江又将这套海景房卖了，赚了 100 多万元。其间，吴晋江夫妇还投资过几套小公寓，但在当时并没有太多收益。2014 年，吴晋江太太陈霞听说湖北老家大悟县城有别墅转让，便迅速行动，以 55 万元购得一套两层楼别墅，仅装修费用就达到 50 万元。

2019 年乔迁的这套连排别墅，被吴晋江看作是人生最重要的房子。买下这幢希望在此养老的房子，最重要的原因是小儿子的出生。“这是真正意义上的别墅。选房、装修都完全是以人为本。在选址上我还请专业人士帮忙进行了挑选。选购这套别墅，不是为了炒房赚钱，而是因为二儿子出生，使我们对未来生活充满希望。我也有能力为全家人更好的生活品质支付更高的生活费用。”这幢被吴晋江看作最具生命意义的别墅承载着他和家人对生活的全部热爱，对美好未来的向往。“在我太太怀孕期间，我曾经陪伴她散步看房，我们看遍了东海岸全部的房子。”深圳万科东海岸留下过吴晋江夫妇满心欢喜迎向未来的足迹。

在房屋的装修设计理念中，吴晋江融入了很多个人对生活的理解。“以人为本，是我要求设计师在装修中首先考虑的，要考虑到是谁住在其中。”在客厅里有一堵墙作为书架，有不少家庭老照片置于其上。“我在欧美游学时看到一些顶级家族在客厅里摆放家族历史照片，家谱、家训、家规，我很受启发，我也愿意借鉴并建设一个真正具有家族历史传承的房子。”在整套房子装修中，吴晋江还为年迈而行动不便的岳父母安装了造价昂贵的电梯。据吴晋江介绍，整幢别墅共花费 1400 万元，其中各种税收达 100 万元，而装修花费 500 多万元。“买这套房子的动机就是为了迎接二宝，未来养老，改善居住条件。”

吴晋江非常愿意带团队伙伴来观赏自己的新居，也很愿意与年轻的伙伴分享他装修中的心得。“我想以最真切的自身生活变化向年轻伙伴们展示并证明我在工作中不断获取成功，收入不断上升，有能力支付更高的房价，也足以证明我对未来充满信心。”尽管 2018 年到 2019 年经济下滑，各个行业都受到不同程度影响，保险业也面临多方调整，但吴晋江确信自己对未来依旧信心饱满，对自己的赚钱能力也丝毫未有怀疑。吴晋江庆幸自己进入保险业，进入平安保险。

吴晋江愿意与人分享他从 2000 年到 2019 年的买房经历，因为他觉得这个过程验证了太多的道理，也是自己从困顿底层迈向成功的一个坐标，值得更多后来者去领悟。“我庆幸 1991 年抛弃固有安定生活，孤注一掷南下的决心。为了心底的理想，从底层打拼，一步一步在艰难中奋发，直至今天实现自己当初的梦想。我认为年轻就应该去为自己的梦想冒险，如果自己不喜欢就不要拘泥于现有的固化的生活，我希望现在的年轻人多去外面的世界看看。我的父母、我本人以及我的孩子都是在走出去后改变了自己的人生轨迹，生活有了更多的美好。”

吴晋江向人们分享自己近二十年的买房历程，他愿意用自己的经历告诉更多人，人生就在于选择，他的今天源于最初的初心，源于最初的选择。“我觉得自己近 20 年来的买房经历，也证明了中国改革开放这几十年国民生活翻天覆地的变化。”

吴晋江认为这反映在个人生活的变化，自己赚钱能力在提高，财产价值也在增加，证明中国现阶段社会变化巨大。“这个社会给予每个人通过努力改变生活的机会。”

从自己近20年的买房经历，吴晋江觉得也同样可以看出近20年以来房地产的高速上升，“房地产增值带来财富增长，但我发现99%的房子并不是以人为中心的设计，这表明一方面我们设计理念的落后，贪图大、全、奢，或者为了尽快完成工期而偷工减料。设计者不关心住的人是谁。也有很多人通过买房赚钱。这些都失去了房子作为家居生活核心的本质意义。”

近20年里自己的努力之一就是拥有一套真正属于家庭的理想的居所，这其中让吴晋江感受到了太多生命的内容。“人生的不同阶段，年龄不同，收入不同，家庭状况不同，对房子的需求也就不尽相同。现在，我终于拥有一套值得自己为之而活的房子。”在全世界的游学经历，使吴晋江留意到很多欧美知名家族在房屋建设中的品位和格调，影响着他对房子的理解。“我人生迄今所有的阅历，所有对家庭、对生活、对事业的理解都融入在我现在这套房子中。”吴晋江确信，以人为中心，以家庭为中心的住房设计时代已经来临。在吴晋江的别墅里，他收藏了父亲用过的石磨、扁担和秤，还有母亲曾经送菜的篮子，以及长辈旧年生活使用的压面河捞机，还有大大小小的家族老照片。除了家族老物件，吴晋江游学中所获取的国际慈善学习毕业证，也展示着主人对慈善领域的专注和真情。诚如吴晋江所言，“家族的传承一定是需要实物载体的，一定要在家居中显现出来。我希望我这套最重要的房子里体现真正的家族历史文化传承，体现家族价值观的传承。同时，我也希望我在人生中学习的内容都可以在家里得到体现，比如我近年来对慈善的用心投入。”

有了小儿子之后，吴晋江对孩子的悉心陪伴与教育令身边很多人注目，团队里的“老战友”吴红星就感到很诧异，“以前他在教育孩子上我没有见过他这么投入，在对孩子的教育上我感觉他变化很大。”而这样的反差来自吴晋江在教育大儿子吴岳锟上的反思。“我在对大儿子的教育上有过深刻教训，我感觉那个时候作为父亲，我做得很不称职。因为自己工作忙，更因为自己对教育孩子问题认识有限，我做得很不到位，这让我有了很全面的反思。”而这样的反思使得吴晋江在小儿子吴北辰的教育上、陪伴上有了全面的改变。

当吴晋江的大儿子还在上幼儿园时，因为和太太都在繁忙的保险公司一线，吴晋江的家庭生活变得琐碎而奔忙。每日清晨，当时还同在保险公司收展部工作的陈霞抱起还在熟睡中的孩子，吴晋江开车将母子送到沙头角幼儿园，陈霞抱着孩子在幼儿园的沙发上等待孩子醒来，吴晋江已经来不及歇息片刻赶往职场。儿子进入小学后，陈霞经常需要坐公交车接儿子放学回家，而那时吴晋江几乎没有陪伴儿子学习与成长的时间。

儿子吴岳锟上小学5年级时，开始出现叛逆，不愿去上课，在学校学习很不用心，测试成绩总在班里属于倒数。因为学校仍然属于典型的应试教育，每次都会公布孩子的考试成绩，每次家长会都对吴晋江有着巨大压力。6年级时，吴岳锟索性不愿去学校了，整日躲在家里睡觉。“我当时压力非常大，非常焦虑着急，又不知道该怎么办，有时急了也打他。”真正让吴晋江感到近乎无法逾越的教育鸿沟是在孩子上初一时，“我有一次因为他逃学打他，突然发现他居然敢打我了，而我又打不过他。”吴晋江感觉无计可施无所适从之际，想到了以前他崇敬的吴学文老师讲过的一句话：“当孩子敢于向父亲发起反击的时候，是孩子开始在向权威挑战。”时隔多年，吴晋江蓦然回首却生发出某种欣慰，“现在想想还是要祝贺他，在那时他向自己人生的第一个权威——父亲发起了挑战，说明他从那时开始走向成熟。我在那一刻，也意识到孩子大了，没有再打他。”小学后半段，为了投入全心照料孩子，吴晋江的太太成了家庭主妇，全家为了儿子求学辗转多处换房。

然而，孩子的学习状态依旧不好，经常无故逃学，吴晋江除了急躁、焦虑，无计可施。有一天，见孩子又不去学校。吴晋江突然想到应该刺激一下儿子，他决定带儿子去自己和团队捐助的广西岑溪仁爱希望小学看看。“当天早上我想到要带孩子去看看，临时决定的，我就带着他直接开车去了广西。”全程 8 小时吴晋江独自驾驶，直接从深圳抵达广西岑溪仁爱希望小学。“我的儿子在广西亲身体验到了山村孩子的学习与生活，使他接触到外面的世界，我看见他脸上出现了难得的笑容，那笑容是我儿子在那段时间里最灿烂的笑容。”吴晋江的用意是要使孩子懂得读书的不易，珍惜生活。孩子回深圳之后，学习状态有了短暂转变，但之后又沉入萎靡之中。“我当时并没有真正懂得青春期孩子的心理，并不理解孩子的内心，他们的改变绝不是依靠外界刺激可以实现的。”

2014 年 9 月，吴晋江偶然得知有一个“敦煌戈壁亲子行”的活动。对于敦煌这个他去过多次却始终神往的地方，他一直有带孩子重走的夙愿。行程为国庆期间的 7 天 6 晚，这当中由家长与家长、孩子与孩子轮换组队，吴晋江带着自己的儿子与侄儿一起参加了此次亲子行活动。

因为平时缺乏锻炼，吴晋江从一开始就体力不支，勉力支撑着前行，儿子走得也很慢。“我大儿子一直就缺乏目标感和进取心，我带他参加这次活动也是为了培养他的意志力，让他能对目标有追求感和进取心。”第一天走下来，吴晋江与儿子都落在了后面，但是这对父子间却很难得地有了交流，这额外的收获令吴晋江欣慰和高兴。他们艰难地走到当天的终点。

第二天，孩子与孩子组队、家长与家长组队继续前行。尽管备感困难，举步维艰，吴晋江依然咬牙坚持。见到侄儿时，侄儿告诉他吴岳锟表现很不错，一直努力行走没有放弃。这也令吴晋江备感振奋，有了坚持的信念。第三天，吴晋江几次感觉已经走到极限，想要放弃，但最终他的意志帮助他走到了终点。第四天，吴晋江与儿子一组出发，路上他发现儿子走得很坚定，也愿意和自己说话，状态非常积极。“我当时发自内心觉得这个活动对儿子很有意义，明显感到他在这个活动中找到了自信。”吴晋江担心拖儿子后腿，让儿子先走，因为体能透支他只能在队尾“爬行”，这时懂事的侄儿主动要求陪伴他行走。途中，吴晋江几次近乎筋疲力尽，但在侄儿的鼓励和陪伴下，艰难地最后一个完成行走任务。

这次亲子行活动令吴晋江感慨万端。“我没想到自己能走下来，更没想到我儿子能这么正能量地走下来，我很开心，儿子也愿意理我了，我们有了亲近交流的机会。”在行程结束当晚的成人典礼上，孩子与家长都盛装出席，相互交换给对方写的信并领荣誉证书，发表感言，吴晋江深深地感动了。“儿子在活动中证明了自己，找到了自信，培养了团队精神，从肉体到精神都得到了非常正能量的洗礼。”2014 年国庆期间的此次亲子之行，令吴晋江觉得自己与儿子都收获了一次珍贵的心灵启迪。

孩子内心的成熟与蜕变显然不是一次亲子行就可以实现的，尽管从敦煌回来后吴岳锟的精神面貌有了不小的改观，但持久性却难以做到。不久之后，孩子又陷入了消极厌学的状态之中。一日，吴晋江接到老师打来的电话，要求家长到学校面谈。吴晋江夫妇焦急地赶到学校，一位副校长接待他们，校方谈到孩子经常不上学，不做作业，学习成绩直接影响到班级与年级教学的评定。学校委婉建议吴晋江给孩子转学。无奈之下，吴晋江夫妇给孩子办理了休学手续。“我很理解学校，我也知道不能因为我儿子影响到整个学校的评级，但我从来没想过孩子会辍学。我在成长中也有叛逆期，但学习都还是可以的，也用功，我和家庭的矛盾主要在与父亲的思想对抗上。我完全没有想过自己的孩子因为成绩不好而休学。”时过境迁，吴晋江现在完全理解，当年孩子的叛逆很大程度是因为在学校始终得不到认可，没有信心，彻底对学校灰心。

尽管吴晋江夫妇为大儿子的学习费尽心思，但因为无法与孩子进行实质有效的心灵交流，孩子对他们强烈抵触，因为无法适应校园生活，大儿子被迫辍学在家一个月。这一个月的时间里，儿子每天在家蒙头大睡，只起来吃一顿饭，很少与父母说话，吴晋江万分焦急却毫无办法。父子之间似乎有天堑难以沟通。

吴晋江第一次在戈壁上徒步，本意是想让在叛逆期的儿子能够去锻炼一下，但没有想到真正得到锻炼的是自己。上面这张照片是第一天，吴晋江和儿子最后到达终点，戈壁成人礼给了父子之间更多的机会交流。下面这张照片是他们正在穿越盐碱地，对孩子们、对吴晋江都是一个巨大挑战。

2014 年年底，在万般无奈之余，经过几番考察，吴晋江决定送儿子进入深圳云顶国际学校。“还记得我送他去的那天，他进入学校时显得很胆怯，在教室门前徘徊了很久。后来他在同班师生的欢迎下进入教室，我在外等了一会儿，发现他已经在和同学交流了，才稍稍安心一些。我也考察了他的宿舍，是 4 人一间，我看着仿佛回到了自己的学生时代。”在国际学校因为没有升学的压力，学生将来都会去国外上中学，所以并没有应试教育的压迫感，儿子过得较为从容，学习和生活都步入正常的轨道，周末吴晋江去学校接他时也能看到他脸上露出笑容，这令吴晋江无比欣慰。“后来我去国外多次游学，发现在国外读书是个很不错的选择。这也坚定了我将孩子送往海外求学的决心。”吴晋江说。

2015 年 8 月，吴岳锟去加拿大和美国参加夏令营，吴晋江去法国游学，然后从法国前往纽约与儿子汇合，太太陈霞从香港抵达纽约与吴晋江父子相聚，一家三口从三地出发团聚于纽约，实现了一个国际化的家庭团圆。

关于长子吴岳锟这段磨砺心志的教育困顿，吴晋江回想起来仍心有余悸。“这段日子是我特别难忘的，作为一个曾经不称职的父亲在教育上我有深切感悟。对于青春期的孩子，作为家长不要去直接与他们对抗，要懂得理解与交流。我们要懂得对于孩子而言，分数不是最重要的，而最关键的是他的人格健康与乐观自信。”孩子就是自己最好的老师，太太是自己的一面镜子，这是吴晋江最大的教育思悟。由此他也想到自己多年前与父亲的矛盾，“我现在身为父亲终于可以理解我父亲了，我年少时与父亲的对抗也是那么激烈，令我父亲动怒要与我脱离父子关系，我现在想起来感觉很对不起，很悔恨。”如今的吴晋江终于与自己的父亲真正有了同理心。

尽管吴晋江在事业上倾注心力，但家风使然令他格外关切子女教育。在长子教育上他投入了大量的心血：为了让儿子见到更广阔的世面，2015 年春节他一人开车带着儿子和侄子跋涉 8000 多千米去老挝；为了给孩子更好的教育环境，他 2015 年专程去美国考察了十几所中学；2018 年暑假，他带孩子参加美国学校在深圳举办的国际公益学校公益活动。这都足以看出吴晋江作为一个父亲的良苦用心。

现在吴晋江有了第二个孩子，他表示自己将用全新的方式去抚育和教育孩子，“不过分看重分数、名次、成绩，永远相信孩子，培养他的自信、健康人格、宽广的视野，与孩子一起成长。”在教育理念上，吴晋江的理性与成熟完全超越了曾经的自己。

2018 年和 2019 年，保险市场人力状况出现整体下滑，业务绩效同比也出现下降。吴晋江始终确信未来属于年轻人，他招聘优才的决心更为热切。“我的增员计划是竭力招募比原有 2.0 优才更为优化的 3.0 优才，使优才更优。”吴晋江团队增员的标准是：1. 大专、本科以上学历。2. 有强烈使命感的青年。对于达成自己的增员目标，吴晋江很有信心，“我发现过去的一两年有越来越多的优秀人才加入了保险业，包括一些企业高管、媒体人等。”这让吴晋江看到未来保险业有巨大的发展潜力。

2018 年以后，吴晋江明显感觉到人才升级换代太快，于是他投入大量人力物力财力到招聘当中。“如果说 2010 年到 2019 年是中国保险业黄金 10 年，这时期主要以数量取胜，也

那天早上特别寒冷，下着小雨，吴晋江本打算放弃了，因为他的腿已经特别痛，但是他想如果自己不坚持，两个孩子就只能自己走，所以他只能硬着头皮跟他们一起出发，一路上坚持下来，最后一个到达终点。在终点跟儿子和侄子拍照的时候，吴晋江无法坐下来，只能靠着路牌。吴晋江坚称，最后一天如果没有两个孩子的陪伴，他肯定坚持不下来。

是中国保险营销人力快速发展的时期。那么2020年开始，未来的10年是中国保险业发展的钻石10年，这个时期发展不再是以人的数量取胜，而是以人的质量取胜。钻石比黄金更珍贵，对于真正把保险当事业的人来说这是最好的时代，对于不思进取、不努力、不学习的人而言这又是最坏时代的开始。所以对我而言，未来10年最重要的工作重心将放在优才招聘与培养上。”吴晋江还明确表示，希望大儿子4年后学成回国能够回到深圳，进入金融领域，也在保险业中有所作为。“未来10年是高端人群购买保险的黄金时代，高端客户的开发与经营至关重要，我要使团队建立起完整的客户服务体系。”建立一支高素养、年轻化的保险营销团队是吴晋江用心努力去实现的目标。

保险硕士科班出身的谢聪志存高远，在加入吴晋江团队之前，她见识过很多卓越团队的总监。2019年，她作为重点优才被吴晋江引入自己的团队。谢聪说自己愿意追随吴晋江完全是因为志向相投。“我选师傅，就愿意选一个自己想成为的那样的人作为自己的导师。”吴晋江的保险互联网思想是谢聪极为认同的，这完全符合谢聪对今后保险发展的认知。“我还特别欣赏他超强的行动力以及协调人际关系的能力。”谢聪还极为认可吴晋江的管理能力，“他总可以用各种手段督促我努力。”谢聪自2019年进入吴晋江团队，在不长的时间里真切发现了自我的改变。“我变得更为认可自己，更自信了。同时学以致用的能力变得很强。在这个团队里我的长处得以发挥，成为我显著的优势。”

2019年8月，许富琴来吴晋江团队面试时遭到了吴晋江的吐槽。她当时很随意，衣着随性，没有化妆，这被吴晋江认为缺乏好的工作态度，工作作风不够庄重严谨。吴晋江的批评并没有令许富琴不悦，反而令她对吴晋江心存敬佩。因为原先工作的关系，许富琴开始在朋友的推荐下接触保险业，而恰恰在这个阶段，她也在寻求新的发展方向。在进入吴晋江团队之前，她已经收到了一些单位的邀约。当她最终选择进入吴晋江团队时，周围很多朋友都备感意外，“保险业内的培训体系非常适合我对自己多方能力提升的要求。”因为以前的工作性质与保险存在差别，许富琴难免在工作中暴露出某些问题，但吴晋江总能以她可以接受的方式让她自己发现存在的问题，这让许富琴在没有心理压力下变得更适应新事业。“吴晋江的情绪管理能力很强，无论是对于他个人还是团队，他都做得很到位。他总是给我们以辅导式指导，不会正面指责。”吴晋江还将自己的很多重要客户交给许富琴做维护，这也令她深感被信任。许富琴说原先自己是一个内向并排斥保险营销的人，但在吴晋江团队度过的短暂时光使她变得开朗健谈，现在完全认可保险是社会极为有意义的金融工具。许富琴希望自己可以成为优秀的家庭理财规划师。“今后的客户越发高端，我不能眼界太低，需要不断提升自己的格局，这样才契合个人事业对未来的规划。”这是吴晋江对她未来的指引，许富琴觉得这是对自己重要的感召。

2019 年 6 月，原先从事私募基金的蒋海萍慕名加入吴晋江团队。“我不想离开金融领域，但我需要寻找一位我信任的事业领路人。”

蒋海萍愿意投奔吴晋江是因为他身上有着自己所确信的成功者元素，“爱学习，在事业上执着，有责任感，这些我最看重的都集中在他身上。所以我非常相信吴晋江可以引领我成功。”

蒋海萍的愿望是在团队中达到年薪百万的绩优，可以组建自己的团队，同时成为一名优秀的讲师。她觉得只有进入吴晋江团队里，才会得到自我锤炼，才会更可能实现这些愿望。

许大光是新调入吴晋江团队辖区的区域经理，虽然工作中交集时间较短，但吴晋江还是给他留下了深刻印象。“吴晋江在我们系统内是很受尊重的第一代保险代理人，他与时俱进，特别愿意接受新事物，拥抱变革。他不是坐而论道的总监，他的很多宝贵经验来自一线磨炼。同时他热衷公益事业，有慈善精神。”最令许大光尊重吴晋江的是，“尽管他已经是保险营销界知名的大腕儿，但他一如既往地谦虚热情。”在许大光眼中，吴晋江就是保险营销年轻优才的标杆之一。

尾声

陈霞在吴晋江最落魄的时候选择继续与他在一起，应该是因为在吴晋江早年偏窄的出租屋里见到了一坛他自酿的杨梅酒。“这让我确信眼前的男人是一个热爱生活的人。”陈霞后来对旁人说出她的理由，对一个男人的信任与物质富有并不等同。

“我现在越来越喜欢喝白酒了，偏爱高品质的白酒，以前我很少喝白酒，现在反而越来越少喝杨梅酒了。”随着年龄的增长，吴晋江小酌的习惯一直没变，但对酒的喜好已经发生了很大的变化。“现在我喜欢白酒，尤其喜欢茅台，这与我的年龄和经历以及现阶段的生活都有关系。”一个 45 岁之后的男人，在颠沛沉浮半生之后，或许才能通透地品出白酒里的韵味来，那品出的滋味或许就是他发酵的半世年华。

吴晋江爱杨梅酒时正值人生困苦之际，他将对生活的无限憧憬与真诚热爱都泡在酒里，那自制的杨梅酒仿佛就是对他底层生活的滋养，如仪式般安慰他的内心。一个爱酒的男人历经雨雪，从风浪里走出之后，他有了足够的阅历，对于生活的领悟会投射在对酒的取舍中。

吴晋江的助理之一，23 岁的小 M 在参观他的别墅时曾经说了一句：“这套房子太大了，我不喜欢这么大的，我只需要一

吴晋江的大儿子要回美国去读书，正赶上他家的新房子刚刚落成，吴晋江说种棵树吧，象征孩子们能够跟树一起成长。大儿子和吴晋江一起种下一棵树，小儿子在旁边浇水。一个家庭总要有很多仪式，也许很多年之后再来看这张照片，特别有意思。

个属于自己的小房子就感到非常开心。”小M的这句话令吴晋江印象很深。“人的阅历与年龄、能力，这些都直接影响到对于环境的掌控力、对未来的信心。一个能坦然住在这个房子里的人一定是对未来自信、对生活有足够掌控力的人。”一个经历过在海水中沉浮，一点一点凭借个人努力走上岸的人，一定对身后的大海有更深沉的理解，一定对脚下的沙砾有更深刻的体悟，一定对头顶的阳光有着更深情的凝望，他对环境的把控力来自他的经历和这份经历赋予他的心智与勇气。

一个人是否具有对生活的掌控力对人生至关重要，不然命运给你机会，你也无法掌控未来。“我看过一篇权威报道，说相当一部分彩票中奖的人最后结局都不太好。”吴晋江在自己的营销案例中就遇到这样的。他曾经的一位客户是物业管理公司的经理，这个物业公司有一位收入微薄的电工坚持买彩票，突然有一天，这位电工请吴晋江夫妇吃高端自助，原来是他中了500万大奖。不久，他辞职离开，去上海治病，几年之后便去世了，千金散尽。“财富的偶然获得并不代表能力的提升，生命之丰富不在于收获多少，而在于接受多少。如果能做到经历越多，接受越多，处理好经历与接受的关系就会内心格外强大，就能掌控生活，掌控未来。”吴晋江的生命历程中有很多失败，但他相信，他的人生阅历和文化沉淀，终会像琥珀一样成为岁月的财富。“一个人倘若扩大了心胸，提高了品格，那些经历的失败将会使他更加强大，他反而会收获更多的物质和精神财富。他对未来有更强大的把控力。”

2020年年初，吴晋江被校友们选为杭州师范学院粤港澳校友会筹备组组长。据他介绍，校友会成员大部分为企业家和学者。

吴晋江南下独闯深圳时仅怀揣400元钱，但选择工作时更多的是看其是否符合内心的精神期盼，而非只是挣钱多少。在工厂时他最高赚到每月700元，送报纸只能拿到每月400元，但送报纸能接触到更高端的人群，看到更广阔的世界，虽然收入比工厂里有所下降，他却更喜欢送报纸的工作。

在平安保险的第一年，吴晋江年薪拿到5万元。2000年3月，他成为营业部经理，收入有了大突破。2013年到2017年是吴晋江收入增长最快的时间段。2013年他年薪第一次突破百万元。2017年他的年薪达到635万元，纳税100多万元。2018年到2019年市场波动，他年薪400多万元。吴晋江愿意将这些看得见的财富公布出来，他认为有必要让更多信任他、有和他当年一样心怀炽热梦想的年轻人知道他在追逐梦想中的实际状况。精神财富的富有、人脉关系的豁达通畅、人生阅历的积淀、思想深度的建设，这些看不见的财富更令吴晋江感到欣慰。

尽管2018年到2019年受大环境影响市场整体走低，但吴晋江个人对未来还是充满乐观。他拿出150多万元进行世界游学，始终强化在与时俱进中个人核心竞争力的提升，不断提高个人的素养与专业性。现在他感受到了人们对他更多更真的尊重。“这两年，我身边有些总监出了各种问题，有的还进了监狱。十几年来市场里也出现了很多严重违规违法的乱象，我时刻警醒自己，君子爱财，取之有道。钱太容易得到，就要打打问号，该不该得。同时，当我收入不断增长时，我更对生活存敬畏之心，更愿意去做慈善回馈社会。”吴晋江对钱的反思不仅于此。他认为赚钱的目的是为了给家庭更有品质的生活，工作最终是为了更好的家庭生活。“我赚钱，其实不是我一个人在赚钱，是一家人在赚钱，一家人在帮助我赚钱，比如我太太在家带孩子，让我安心工作，就是在帮助我赚钱。我们工作上事业上需要团队支持，家庭其实也是一个团队，也需要互相支持。”吴晋江认为，一个人只有处理好人与钱的关系，才能安居乐业。“金钱就是天使与魔鬼的双面体，金钱给予我们富足生活的同时也可能给我们带来很大的危机。我们喜欢金钱‘天使’的部分，因为它给我们带来好的生活；也要控制好金钱的风险，那是它‘魔鬼’的部分。”人与自然的关系在吴晋江的观念里也相似于“人与金钱”的关系。“人不能从自然界里过度索取，索取太多或者忽略过度索取必然会带来大问题。”

吴晋江还相信一个人事业的顺畅离不开家庭内部亲人之间的良好关系。一个家庭的凝聚力究竟以什么为中心？在吴晋江看来最根本的是价值观的统一。这促使他倡导在家庭中传承家谱、家训、家规文化。“生命是一个过程，有形的是生老病死，无形的是精神，精神体现为为自己、为家族、为社会留下的文化。我年轻时对生命思考不多，中年之后体能在下降，但是思想成熟度在提升，一个人在有限的生命里去全心投入做更多想做的事情，才是生命价值的体现，也才是更有效地利用了有限时间。”如今的吴晋江时常思索生命的内涵究竟是什么。在生了二胎之后，吴晋江仿佛受到新生命的启示，当他满含爱意凝视二宝时，他感到自己的肉体生命传承给了孩子，精神生命也得到一种真切实际的延续。

当自己再次有了血脉传承，吴晋江由衷体味到某种生命力的能量，那是巨大的、生动的、蓬勃的、明亮的，是来自个人、团队、家庭、家族、国家乃致自然的召唤，犹如自我焕发了新生。

2020年1月12日，一对中年夫妇来到吴晋江的新别墅。他们前来祝贺喜迁新居令吴晋江感慨不已。这对夫妇中的先生名叫王黔，曾是深圳某设计院的高级设计师，1995年3月他成为吴晋江保险职业生涯的第一位客户。

25年前与吴晋江的初识情境，在王黔看来恍若昨日。“我当时对保险没有意识，也没有概念，是从吴晋江这里第一次了解。我觉得这是一个很新的东西，就比较有兴趣，请他进办公室里谈。他很有亲和力，精神状态非常好。”有了第一次接触，吴晋江再次拜访王黔变得顺理成章。在第二次交流中，吴晋江重点介绍了王黔所关注的少儿险产品。王黔投保了这种360元一份的保单。“我觉得他很有诚意，和他也特别谈得来。而且我觉得就是360元，钱不多，人家很辛苦跑了两次，也不好意思不签单。”王黔回忆起当时的签单原因，说得很实在。就在王黔投保后的一天，吴晋江手捧一束亮眼的鲜花来到王黔办公室，向他献花感谢。“那是我第一次收到别人献的鲜花。”“我是发自内心地要感谢他，他是我开始保险营销的第一位客户，这个意义是非同寻常的，我必须要用心感谢他！”从王黔的第一单开始，吴晋江在不舍昼夜的时代潮流中渐渐成就了今天的自己。

吴晋江所签下的第一单可谓机缘所致——客户王黔为人谦和友善，吴晋江的热情真诚给了他亲近之感，同时王黔对新事物有兴趣，有风险意识，还经济宽裕，这些都是促成吴晋江签下第一单的条件。然而，这一单却也是来自吴晋江心性的热忱、乐观、开朗、与人为善，更源自他的勤勉和真诚。

吴晋江能够结缘事业里的贵人王黔，源自他在岁月磨砺中的积累。王黔是吴晋江在送报纸时有心积累的潜在客户。王黔后来将购买的保险介绍给同事、朋友和亲戚，得到了广泛的响应，很多转介绍客户一人就投保多份。“我当时还是不够专业，这个产品其实是可以一人购买多份的。那样会给予客户更广泛的保障。”吴晋江时至今日对这款于他有着特别意义的产品还心存憾意。在吴晋江从事保险营销 20 周年的纪念活动上，王黔作为特别嘉宾见证了他的荣誉时刻。王黔对吴晋江今日的成就毫不意外，“他一贯给我的感受是和善、善良、表达能力强。对于营销这份职业，他从最初就具备成功者的潜质。”

2020 年春节前的一个午后，吴晋江和太太陈霞、长子吴岳锟、次子吴北辰，一同来到别墅依傍的后山坡上，一家人共同种植了一棵桂圆树。在一家人携手种树之际，时光也从容地抵达了日暮，这中间的从容怡然，恍若岁月悠悠流淌。静水流云，花开花谢，年华自然。

从这一天开始，这处沉默的山坡有了一棵桂圆树。这棵树将在日夜繁复中表达着对未来命运的美好祈愿。

附录

“二十五年半”老平安，送给马明哲三件纪念品

◎ 平安微生活

马明哲的办公室里多了三件藏品

“这个要挂到我的办公室里。”2020 年 11 月 13 日，深圳平安金融中心，马明哲收到一件 25 年历史的蓝色马甲时这样说。这是平安人寿深圳分公司业务总监吴晋江当面送给他的礼物。

吴晋江的个人传记作品即将出版。“得到马总题写的书名，并与马总单独合影”，是他内心的一大愿望。当天下午，吴晋江就在微信朋友圈里发布了五张合影，并称这是“平安 25 年半职业生涯最难忘的一天”，“实现了我的梦想，在公司总部大楼和我的偶像马明哲董事长合影”。

吴晋江：“这是我在平安25年半职业生涯最难忘的一天，实现了我的梦想，在公司总部大楼和我的偶像马明哲董事长合影。”

吴晋江清楚记得，始自1995年3月的平安保险职业生涯中，在团队大合照以外，他很幸运地和马明哲近距离同框过三次。庆幸的是，前两次的合影，他也都留下了珍贵的老照片。这些照片连同那件蓝色马甲，将一齐被收藏在马明哲的办公室里。

50元的私人定制蓝色马甲

直至13日当天早晨，吴晋江一直没有想好该送给马总什么礼物。翻来覆去地琢磨，距离会面还有三四个小时，他还在为这个问题犯难。

“马总很务实，简单、有意义的礼物可能更合适。”经同事如此提醒，吴晋江突然想到那件入司第三个月定制的蓝色马甲。20 多年，搬家 10 余次，它始终被完好如初地珍藏着。他连忙给太太打电话，请她即刻找出这件“礼物”并尽快送来。

吴晋江：“2020 年 11 月 13 日，深圳平安金融中心，我把已经有 25 年历史的蓝色马甲作为礼物送给了马明哲董事长。他说：‘这个要挂到我的办公室里。’”

这件马甲定制于 1995 年 5 月，是他找到一家小店自费 50 元制作的。一面写着“人寿保险正在走进您的身边、您的家庭，业务员吴晋江，5566888-20231”，另一面写着“中国平安保险公司少儿终身幸福保险、重大疾病保险、平安长寿保险，免费咨询上门服务”。

穿着这件“行走的广告牌”，吴晋江在入司第三个月就签下了十几个平安人寿少儿险保单，实现事业的成功破局。

“创业，而不是打工。”这是吴晋江一开始成为平安保险代理人就确立的自我定位。创业，就要放下面子，主动思考并创新经营。在吴晋江看来，这件私人定制的“工服”正是创业精神的最好证明。

在此之前，29 岁的吴晋江已经在深圳打拼四年。毕业于杭州师范学院中文系，顶着父亲的极力反对，吴晋江放弃浙江小镇的语文教师工作，毅然“下海”，“想看看更广阔的世界，不想要那种封闭的、一眼看到头的生活”。

“下海”四年，他干过鞋厂打工仔，送过报纸，做过书店进货员和营业员，甚至是饮水机推销员。尽管一直在底层摸索打拼，但无一例外，都是吴晋江主动炒掉了工作和老板。他越来越觉得，选对一个行业，跟对一个老板是使自己靠近梦想的唯一正确路径。“天道酬勤，这个词一定是在选对了事业平台，跟对了老板，做对了事情的前提下才可能实现的。”吴晋江说。

“只有成为推销员，才能改变我的命运。”他笃信，自己做企业家必须从推销员做起，并选择一个符合时代趋势的行业。

1995 年 3 月 15 日，经过创业说明会和七天的培训后，他正式成为平安人寿的一名保险代理人。“我觉得保险这个行业有前途，平安这个平台够专业，符合我的价值观，能帮我成就梦想！”此后 25 年，吴晋江从未怀疑过这个信念。

价值 7000 元“巨款”的宣传页

和马明哲会面时，除了那件整洁如初的蓝色马甲，吴晋江还送给马总一份年代同样久远的保险宣传页。1995 年 5 月，他自费 7000 元制作 30000 份宣传资料，而当中一半的花费是向当时的女友借的。“90 年代初，7000 元，对于身无分文的我是一笔巨款。但创业，就需要勇气和魄力，和平安一样。”吴晋江说。

吴晋江：“和马明哲董事长会面时，我还送给他一份年代同样久远的保险宣传页。1995 年 5 月，我自费 7000 元制作 30000 份宣传资料，当中一半的花费是向当时的女友借的。”

筚路蓝缕的创业精神，往往源于栉风沐雨的严酷现实。幸运签下第一笔保单后，第二个月吴晋江已经难以找到客户。尽管尝试着去做“扫楼”的陌生拜访，依旧颗粒无收。第三个月，吴晋江做出了一个重要决定，他决定去摆摊展业，据说创业初期马明哲也经常骑着一辆破自行车顶风冒雨地去展业，“我要表现出自己的专业，并且和别人有不一样的东西。”

那是人身寿险进入内地市场的拓荒年代。吴晋江决定自己设计、掏钱去做，根据认真总结的专业知识，编绘出简洁清晰的宣传单页。他还借鉴常看的台湾漫画，把呆板的数字用趣味图表呈现出来，比如少儿险保单就以博士帽为图案，使保单与少儿教育的关系一目了然，宣传单可正反折叠，外观上“引领当时的潮流”。

90 年代周末晚上的深圳大剧院门口，人们会经常看到一个 30 岁左右的青年，穿着蓝色马甲，四处派发宣传资料。“当时能来大剧院看音乐会的人应该素养比较高，可以理解保险的价值。”但很多次吴晋江都被误以为是票贩子。

他还常去小区里摆台，为此特地准备了绳子，把这些漫画分门类、有条理地挂起来。“每次都会围好多人，然后我就特别热情和自信地向大家讲解保险产品。”在入司的最初两年里，吴晋江每天晚上都是 10 点后才踏上归途。

成为平安的金牌讲师后，吴晋江常提到一个词——“逆商”，指的就是人在逆境中生长与成长的能力。他总结称，正是凭着这份与众不同的“逆商”，在艰难的时光里他很少去抱怨和愤怒，而是坚信总会有办法解决眼前的难题。

逐

11 月 13 日见面时，吴晋江还送给马明哲两张老照片，分别摄于 1997 年与 2003 年。

1997 年深圳前往北京的飞机上，时任深圳分公司总经理丁当带领吴晋江等业务精英，去北京参加中国平安第二届高峰会，偶遇同去参会的马明哲。2003 年的一天清晨，马明哲率队到罗湖第二营业部参加早会，考察罗湖营业区“卓越工程”试点。当时，马明哲现场讲话，并与全体主管合影留念，“马总很少参加营业部早会，这张照片极其难得。”吴晋江笑言。

回首 20 多年沧桑巨变，吴晋江总结心得，凡大时代中追求事业有成，要么“像马总一样创立一个伟大企业”，要么像自己这样“傻傻地坚持”，“选对平台，跟对老板，做对事情”。前者自然是凤毛麟角，而后者的坚持其实也是难能可贵的。

第三次近距离与马明哲交流，吴晋江依旧觉得“马总气场超级强大”，“马明哲董事长是我最佩服的人，我最钦佩的是他以互联网思维经营金融企业的新战略！他高瞻远瞩的战略眼光、创新求变的企业家精神以及强大的执行力永远值得我学习。”

大变局中谋新局，保险行业以及中国平安正处时代的变革中。改革创新，贵在不忘初心。吴晋江念念不忘职业生涯的第一份保单。1995 年 3 月 22 日，他得到佣金 100 多元，却随即花费 32 元，买了一束鲜花连同保单，送到了客户的工作单位。客户百感交集，多年以后才说这是人生中第一次收到鲜花。20 多年来，这位客户持续投保、持续受益并获得长久保障。“从第一笔保单和第一位客户身上，我得到巨大的鼓舞和启示——每个人都有可能成为别人的恩人和贵人。”吴晋江这样理解自己从事保险业的初心。

马明哲曾说，寿险改革正当时，改革的成果将具有重大里程碑意义。对此，身处业务一线的吴晋江更加充满信心，认为“未来 20 年是中国保险市场的黄金时期，保费规模将不断提升，整个市场也会有更广的开放。”他在新书中写道：“近年来，平安也在转型，我跟随公司同步发展，感觉找到了未来事业的方向、价值与信心。在公司的平台上，我整合到更多营销资源和专业技能，更牢牢把握住了保险业未来的发展趋势。”

在平安的大平台上成为保险企业家，以互联网思维经营业务和管理团队，这就是吴晋江未来的事业目标。成为社会慈善家，则是吴晋江与时俱进的另一个“小目标”。“我希望力所能及影响更多家庭或个人参加慈善，用实际行动帮助更多个人与家庭。”吴晋江表示，他计划 3 年内建立“锟辰兄弟慈善基金”，通过 DAF 慈善基金计划，推动中国的青少年慈善教育，并影响到 50 个以上家庭参加 DAF 慈善基金计划。

吴晋江的个人传记作品叫作《逐》，书名由马明哲题写。他计划着，等到新书在年底正式出版后，将《逐》再送给马明哲，成为“马总收藏的第四件礼物”。

逐，追逐、求索、竞赛。夸父逐日，与时竞走。驽马十驾，功在不舍。这是吴晋江们的奋斗故事，也是中国平安、马明哲的逐梦历程，更是一群人、一座城、一个时代的追逐。不舍追逐，方达无止之境。

跋

◎ 吴晋江

两年多以前，我决定请北京知名青年作家、媒体人方磊先生给我写一本书，写写我在保险业 25 年的经历与感受，写写我在深圳 29 年闯荡的过程。方磊答应了，这本书不仅要写我，而且要写出整个这段历史的变迁，包括平安保险的变化、深圳的变化和国家的变化。方磊说要去我老家看看，我和他一起去了山西，看了我父亲出生的地方，又去了杭州，看了我中小学和大学读书的地方。

其实这么多年来，很多人劝我出一本书，我不知道应该写些什么，我也不想像社会上很多书粗制滥造一样。现在觉得时候到了，只是没想到这是一件很折磨人的事情。我和方磊去了我的老家山西、杭州，了解得越多，对自己越来越清楚了。我觉得两年多和方磊“聊”书的过程，就是一个对我自己重新认识的过程。

为什么会变成这样？为什么会做出这样的决定？为什么是这样的性格？为什么又会有这样一种行为？

两年当中我和方磊来来往往，我去北京，他来深圳，包括跟我的很多同事、领导、亲朋好友沟通，今天回想起来特别难忘。

到现在为止，我还经常想起一些场景。1991 年 3 月，从杭州坐火车到广州，被一个大妈带到一个小旅馆，那个晚上内心的煎熬和冲击是非常大的，当晚我决定一定要往前走，不能回去。后来去了佛山一家鞋厂，那种内心的煎熬是无法言喻的。但今天我还能感受到那种内心的挣扎。我也会经常想起 29 年前在百门前工业区，每天中午下班排了长长的队去餐厅吃饭。一千多号人不允许说话，只听到每个人吃饭的声音，那种感受我到今天还记忆深刻。我没有想到放弃人民教师的铁饭碗，从杭州来到深圳，一脚踏入深圳的最底层，并且亲身经历了珠江三角洲成为世界工厂的开始，这种感受是很奇特的。

还有一个场景。有一次我从杭州回广州，那时候火车特别拥挤。我没有买到票，只好挤在过道上。有一位香港年轻帅哥，好像要穿过一节车厢，正好走过我旁边，就听到他在说："我的手机呢？我的手机不见了！"他是一个看起来非常单纯非常有礼貌的男孩。他的手机就别在腰间，可能根本就没有想象这种环境之下，拥有一台手机一定会成为小偷的目标。那个时候我就觉得人与人之间为什么会有这么大差异呢？

我还记得送报纸的场景。我每天天蒙蒙亮就去深圳特区报社。当时深圳有 300 多个报贩子，记得有一个姓廖的是南头当地报贩子的头，我负责把报纸送给他，姓廖的为人不错，但腿有残疾。有一次刮了台风，街上全是倒掉的树，但是我还坚持送报纸。今天回想起来，不知道为什么我有那么大的一种精神和体力，在台风天还能坚持，那时也没多想，觉得就是应该的。

我还记得有一次去收报款。那个时候我们是收现金，《香港商报》报款一年 2000 多块钱，有一位订户直接拿出了两千多块钱现金给我。当时我就想这个人怎么这么有钱。那个时候我的工资一个月才四百块。

我还记得有一年（应该是 1997 年）我和妈妈在深圳过年。我身上只有 100 块钱，我陪妈妈从梅林的锦林新居坐公交车到荔枝公园旁少年宫，让妈妈坐在路边等我。我去旁边的照相馆花 70 块钱买了一个可以拍照的胶卷，然后陪妈妈在公园里逛了一圈，拍下一些照片，然后跟我妈说："我们回去吧！"我身上只剩下 20 块钱，不知道那一年过年是怎么过来的。在冬瓜岭（今福田区彩田村）的时候，白天出去展业，晚上回来进入冬瓜岭安置区，两边都是小餐馆，在龙飞公寓门口的小餐馆里吃一盘炒田螺，一盘炒米粉，一瓶啤酒，总共 15 元，那是奢侈的夜宵了。我至今还特别喜欢吃炒米粉、田螺和啤酒，就是那个时候形成的习惯。现在去外面出差，有时候深更半夜会离开五星级酒店，去马路边找一找有没有那种卖炒米粉的路边摊，我会点上一盘炒米粉再要一瓶啤酒，如果有盘炒田螺就更好了，其实这是在怀念我曾经的经历。很多很多场景就像放电影一样，一幕一幕地在我面前展现。

有一次我身上没有钱，在路边哭了起来。其实不仅是因为没有钱，而是不知道我的未来在哪里，我也不知道该怎么去解决。最起码哭了一个多小时，哭完以后我就走回去了，走了很久。今天也不知道后来是怎么渡过难关的。

还有一次在笋岗路，我等 102 路公交车，怎么等也等不到。记得那已经是秋天了，风吹得很大。那时候很失望，我就写了一首诗《我的 102》。可惜这首诗找不到了。

一到夏天，我就常常会想去敦煌，为什么？1988年的敦煌之旅，深刻地铭记在我的心中，形成了一种敦煌情结。今年8月16日至22日我又去敦煌，这是我第二次在戈壁上徒步，也是我第13次去敦煌。这次我想把小儿子带上，如果有可能让他在鸣沙山上面撒泡尿，因为1988那次我们登上鸣沙山，我就在上面撒了泡尿。当然，今天说出这个事情很难为情，但在那个时候是有特别含义的，就是用撒泡尿代表年轻人的张狂。

谢谢方磊写我的这本书，居然写了两年多。

我经常想起哈佛大学旁的查尔斯河。我根本没有想过一个世界最顶尖的学府是没有围墙的，也没有高楼大厦，学校附近的这条查尔斯河也没有任何建筑，全是原生态。我早上在河边跑步，好像是在我小时候上学要蹚过的苕溪，感觉特别放松。这种心理冲击的确是非常大的。我还记得，当我游学全世界，进入美国第一个亿万富豪—洛克菲勒的私人庄园，我领略到了什么叫作世界富豪的生活和他们的思维方式。当我看到法国爱马仕顶楼的博物馆才知道奢侈品形成背后是需要多少年的沉淀和多么强的工匠精神。看到娇兰集团为了选拔继承人，不是采取传统的父传子，而是成立家族委员会，从家庭成员当中选拔一个最有能力、最有兴趣和最适合的家族成员接班。这种长远规划以及通过家族委员会的形式，令我大开眼界。

2015年8月，当我一个人离开法国巴黎，飞往纽约跟我太太和儿子见面。因为不懂英语，常常闹出一些笑话。但是在这过程当中我并没有气馁，也没有胆怯，而是力图用几个App翻译神器和别人对话。

29 年前，当我放弃一切，带了 400 元钱南下深圳。我内心有个冲动，就是不甘于平庸生活，不甘于在小镇上过一辈子，希望去看一看更大的世界。就像几十年前，我父亲在他 30 岁的时候放弃一切去当兵。

父亲在我读大二的时候带我去山西寻根，他告诉我以后的路就你自己走吧。我父亲在他家族当中是最先出来的，从山西到杭州，我妈妈是因为家庭的原因，也是从浙江的农村来到杭州，他们都想改变自己的命运，都想追求过更好的生活，而我从杭州到深圳，也是想过自己的生活，挑战自己的能力。我的大儿子一个人 14 岁去美国读高中，我 50 岁在洛杉矶生下二宝，可能意味着这一生都是在和世界对话，都是想看更大的世界。

特别感谢父亲，他教会我怎样拥有更广阔的胸怀，怎样为自己的理想而奋斗。

我要感谢母亲，她是一个没有什么学历但特别热情的人，她教会我如何为人处世。

和方磊“聊”自己的经历，其实就好像又重生了一次，更加看清了自己，看清了整个环境的变化。希望大家不要把这本书看成是我个人的一本传记，我只是个普通的小人物，来自浙江一个小镇，后来成为人民教师，再后来到深圳打拼。我的故事也许能反映出一个普通人不甘命运勇于追求的过程，也反映了深圳是个特别包容的城市、特别有希望的城市，还反映了中国几十年改革开放给我们这些普通人一个能够通过自己的努力改变命运、实现理想的机遇。在这个巨变的时代，似乎一切都在改变，都在颠覆以前的认知。但是有一点是不可改变的，那就是人总是要往前走的，社会也总是往前进的。一个人要拥有宽广的胸怀，不断拥抱变化，不仅仅要站在中国看世界，也需要站在世界看中国。只要用一颗真诚的心和世界对话，我觉得不管外界怎么变，我们的内心是平和的。

我认为《逐》以浓郁的文学笔触还原展现了我的前半生，作为传主我觉得这本小书非常精彩。谢谢所有阅读这本书的人，我只是一个普通小人物，大家的时间很宝贵，能把这本书读完，我非常感谢。

谢谢方磊，他是最懂我的人之一，他也是一个非常熟悉保险界的作家。两年多的时间来来往往地采访和写作真的很辛苦。

我希望将这本书献给我的爸爸妈妈。虽然他们都已经不在人世了，但我相信他们能够看到。

谢谢我的太太、孩子、姐姐、我所有的亲人以及两年多来为写这本书接受过采访的所有人，还有所有爱我和我爱的人。

谢谢大家。

2020 年 7 月 22 日，于深圳万科东海岸观海斋

后记

海的方向

◎ 方磊

当我写下《逐》的最后一个字时，恰是2020年除夕。岁月新旧更替，时光流转，一年又一年。站在这个别有意味的时间渡口，这本人物传记的传主吴晋江先生将在告别与迎候中又会生发命运中新的奔逐吗？而历时17个月的采访写作告一段落，于我而言，同样是自己文学写作的又一个值得检阅的节点。

我从来都认为在纪实文学的体例中，人物传记的写作是更具有多元挑战性的，同时一本优质的人物传记必然是具有显著文学属性的。令人叹服的人物传记往往都是以人物的人生历程流变映射出时代的延宕和变迁以及时代对人的观照、人在时代里的命运影迹。它也一定要超越某个领域、行业，能生发更广阔的命运启示，并直抵人心。而这些都是我在写作《逐》中力图努力抵达的目标。

作为一个曾有不少人物采访经验的职业记者，写作一本人物传记似乎应有某种天然的轻巧，而且《逐》并非是我写的第一本人物传记，但是，我仍然感到《逐》的写作是一次需要翻越花样藩篱的旅途，不敢有任何轻慢。一篇采访报道很像是去打磨铸造一扇窗或是一扇门，抑或是一件家具，自然也有精致与粗粝之分，一本人物传记的写作却更像是建设一个工程、建设一幢楼体，目力、思维以及心力、技巧、专业知识所凝聚的已经不再是某一个点上。这是人物传记写作的难度，也是它的趣味和价值、意义。

我与《逐》的传主——知名保险人吴晋江先生相识将近 20 年。作为最早采访他的记者之一，我们彼此都留有深刻的印象，并在相识之后还时常保持着真诚的交流。我相信，如果一本人物传记可以焕发持久的生机，令人心灵激荡难以忘怀，一定是写作者与传主共同的岁月结晶。同样，一个传记写作者该做的不是对传主的美化和修饰，而是要忠实于传主的命运颠簸和内心私密，忠实于他的生命奔波，忠实于他的苦难与欣然，忠实于他的斑驳年华，忠实于那些如刀锋掠过的千疮百孔却生动的时光。一本光芒万丈、荣誉簿般或鸡汤式的人物传记总令人感觉到写作者对文字的不诚不忠。传记写作的基础是写作者对于传主的情感认同，没有这样的前提，那么写作的航道将会偏移生命之流，无论引领人们看到的两岸景致是如何奇妙和夺目，都是远离真实的盗版风物和情境。

我和吴晋江主体价值观相投，彼此信任，大体了解他作为早期创业者在深圳磨砺奋发的蹉跎与昂扬历程，他人生的颠簸沉浮、起承转合足以支撑起一本人物传记的内容要求。所以，当他邀请我执笔写作令他的粉丝期待的个人传记时，我感到了某种神奇的吸引力，这种吸引力来自迷人的文学召唤。

在漫长的采访与写作过程中，我越发觉得传主吴晋江的人生脉络充盈着张力，那些鲜为人知的生命纹理清晰展现在我眼前的时候，令身为作者的我对笔下的文字饱含期许，同时对这本书的价值更加确信。

吴晋江个人的生命印痕显露着种种激变与错落，而他个人的生命脉络只是一个大时代变迁和延展的细微呈现，从他的生命呼吸里我们看到了时代脉动，看到了时光在我们每个人身上留下的擦不掉的印记。吴晋江不屈、乐观、热忱、求变、求新地奔逐在不甘泯然于众人的梦想大道上，新的生命境界是他无休止的探求，而在这之中的种种心迹令人在共情中获得命运的启示。

吴晋江同时是一位卓越的讲师，他除了有好的谈吐之外还有着强劲的自我归纳与思索能力，这使得他的很多思想与见地能够更为精道地呈现在书中。更为重要的是吴晋江敢于直面自己的内心，能够最大限度地打开自己，这更使我对《逐》的精神内核与文学质地充满信心，这也最大可能地使本书的文本更为饱满、真实、客观和立体，如同一幅幅摄影作品更接近于“人”的朴素写真，而没有后期花哨却离题的技术处理。这显现着吴晋江对世界、对自己的诚恳态度。从这本书的作者角度，我也很愿意向他致敬并表达我的感谢，感谢他对我的信任，感谢他对这本人物传记“人之本色”的最核心价值的奉献。

在写作这本书的过程中，我和吴晋江有了前所未有的深入交流，一个曾经以为被我熟知的人物给予了我全新的认知，这其中有着感染我的巨大力量。坦率地说，尽管对于吴晋江的某些思想理念我并不认同，比如他对某些商界名流的推崇、过于分化人的层级、过于专注于舶来的形式概念。但对于事物每个人自有每个人的观点，每个人也有每个人的生命特质，或许正因为吴晋江所认定的理念才使得他获取了奔逐路途上的一座座闪亮的奖杯。这些观念上的差别丝毫不会减损我对他的尊重，他的诚恳和坦荡的勇气反而赢得了我对他更大的敬意。

大海是吴晋江一生的逐梦之乡，几次搬家他都向往海边，海的宏阔使他一生神往，在他的成长之中始终蕴藏着去海边、在海边的渴盼。对于吴晋江，海有着更隽永深邃的意味，海之幽深辽远不断召唤着他。今天，吴晋江早已实现“面朝大海，春暖花开”的夙愿，然而，我知道他心中的海依旧浪涛卷涌，奔流天际，生生不息。

曹禺先生说：人多么需要理解，人又多么难以理解。或许是因为多年的文学阅读与写作，关乎人内心的探寻与追问于我有着磁力般的迷恋与吸引，人心深幽的多元与复杂犹如一座座望不见出口的迷宫，而这幽秘之中仿佛有着天地间的奥义。可以这样说，相比较传统的纯文学创作而言，人物传记写作有某种对人性的追近与逼视，照临人性是另一种对世界真相的还原与直面。

我不愿将这本书定位为一个所谓底层人物奋发为金融大咖的励志读本，也不认同于被当作某种行业内激发人们追随偶像的功能性书籍。我和传主吴晋江先生所有的努力和期望远远超越于此。在我作为记者的职业采访中，曾经遇见不止一个心性变化前后有着云泥之别的人物。他们因为将自己的身心彻底放置在某种慈善事业里，由从前一个自称的浑蛋变成了人们眼中超级良善的谦谦君子。他们引发我对人、对人心经久的思索。

文学绝不是泛泛的世俗道德评判，简单衡量单向、平面的善恶是非。对于人心的扭转、蜕变，恰是文学最值得关切的内容之一，也是吸引一个写作者的强劲磁力。对人心的关切就是对天地情怀的包容，对人心的探寻就是文学最深邃持久的指向。文学永远闪耀的光芒在于对世界、对人的发现与理解、对人心灵的发现与理解。因为懂得，所以慈悲；因为理解，所以慈悲。

文学赐予我的是令我在体悟生活中的各种滋味之后，可以坦然慈悲地面对这个世界，可以依然深情地活在生活之中。藉吴晋江先生奇特而意味深长的人生历程，落笔为《逐》，于我是别有深意和深情的缘分。

图书在版编目（CIP）数据

逐 / 方磊著 . -- 北京 : 台海出版社 , 2021.2

ISBN 978-7-5168-2901-1

Ⅰ . ①逐… Ⅱ . ①方… Ⅲ . ①纪实文学－中国－当代
Ⅳ . ① I25

中国版本图书馆 CIP 数据核字（2021）第 030270 号

逐

著　　者：方　磊

出 版 人：蔡　旭　　书籍设计：孙初　申祺
责任编辑：员晓博　　书名题字：马明哲

出版发行：台海出版社
地　　址：北京市东城区景山东街 20 号　　邮政编码：100009
电　　话：010-64041652（发行，邮购）
传　　真：010-84045799（总编室）
网　　址：www.taimeng.org.cn/thcbs/default.htm
E - mail：thcbs@126.com

经　　销：全国各地新华书店
印　　刷：北京精彩世纪印刷科技有限公司
本书如有破损、缺页、装订错误，请与本社联系调换

开　　本：889 毫米 ×1194 毫米　1/32
字　　数：172 千字　　印　　张：8
版　　次：2021 年 2 月第 1 版　　印　　次：2021 年 2 月第 1 次印刷
书　　号：ISBN 978-7-5168-2901-1

定　　价：68.00 元